Sabine Hackner & Walter Seeböck

federleicht

Herzlichst!

Sabine Hackner
Walter Seeböck

Ostern 2022

Sabine Hackner & Walter Seeböck

federleicht

Ein Liebesmärchen

Edition LIFEart

INHALT

Was es ist

Es ist Unsinn
sagt die Vernunft
Es ist was es ist
sagt die Liebe

Es ist Unglück
sagt die Berechnung
Es ist nichts als Schmerz
sagt die Angst
Es ist aussichtslos
sagt die Einsicht
Es ist was es ist
sagt die Liebe

Es ist lächerlich
sagt der Stolz
Es ist leichtsinnig
sagt die Vorsicht
Es ist unmöglich
sagt die Erfahrung
Es ist was es ist
sagt die Liebe

ERICH FRIED

»Erzählst du mir noch eine Gutenachtgeschichte?« Das kleine Mädchen blickt mit erwartungsvollen Augen zu ihrem Großvater und drückt ihren Kuschelbären fest an sich. Der Großvater lächelt. »Gerne.« Er beginnt mit sanfter Stimme zu erzählen:

An einem wunderbaren Frühlingsmorgen segelte eine Flaumfeder selig durch die Lüfte.

Niemand wusste, woher sie kam.

Niemand wusste, wohin sie schwebte.

Zart, zauberhaft, weiß und flaumig wirbelte sie durch die Frühlingswelt, die allein ihr zu gehören schien.

Die Vögel begrüßten jubilierend die Morgensonne.

Die Bäume des Waldes wetteiferten, wer wohl im hellsten Grün erstrahlte, und die Lichtstrahlen tanzten flimmernd über die Seeoberfläche.

Die Flaumfeder drehte sich einige Male im Kreis und landete sanft auf einem grauen Steinklotz am Rande des Wassers.

»Wer kitzelt mich auf meinem Rücken?«, brummte da plötzlich der Steinklotz. Die Flaumfeder hielt erschrocken den Atem an.

Sie hatte noch nie in ihrem Leben einen großen Steinklotz sprechen gehört. Sie zitterte.

»Das wird ja immer besser!«, tönte der sprechende Steinklotz.

»Das ist sehr angenehm! Willkommen, wer immer du bist.

Mach nur weiter so.«

»Ich bin eine Flaumfeder«, stellte sich die Flaumfeder artig beim Steinklotz vor. »Und wer bist DU?«

»Ich bin ein versteinerter Bär«, brummte der Klotz. »Ich warte hier an der Wasserstelle, bis ich wieder aus meiner steinernen Starre erlöst werde.«

»Kann ich dir dabei helfen, Bär?«, zeigte die Flaumfeder spontan ihr Mitgefühl.

»Ich fühle, du kannst es!«, freute sich der steinerne Bär.

»Streich mir nur dreimal so federleicht über meinen Rücken.«

Die zarte Flaumfeder huschte auf die gefühlvollste Weise dreimal über den Rücken des Bären und erlebte ein wahres Wunder:

Der Steinklotz begann sich zu schütteln und zu rütteln, die steinerne Starre verwandelte sich in ein dickes weiches Bärenfell und der aus der Starre erlöste Bär erhob sich dankbar zu seiner vollen Größe – behutsam darauf bedacht, die Flaumfeder nicht aus seinem Pelz zu verlieren.

»Ich danke dir, wunderbare Flaumfeder! Du hast mir mein Lebensgefühl wieder zurückgegeben. Lass uns gemeinsam die Welt durchwandern. Ich werde dich dabei beschützen!«

»Mhm – Mhm – Mhm«, überlegte die Flaumfeder und machte sich mit dem Bären auf den Weg in die weite Welt.

Das kleine Mädchen war selig eingeschlafen. Es hielt den Kuschelbären fest umschlungen und träumte von der abenteuerlichen Wanderung der Flaumfeder durch die weite Welt.

DER URKNALL

Das silberne iPhone segelte wie ein elegantes UFO durch den Raum, beschleunigte von unsichtbarer Energie angetrieben seine Luftfahrt und knallte kurz darauf an die Wand des ehelichen Schlafzimmers. Dann löste es sich in seine filigranen Bestandteile auf und zerbarst nach allen Himmelsrichtungen.

Die zarte Hand, die das technische Wunderwerk zum Raumschiff gemacht hatte, ballte sich zur Faust, und ein zorniger Blick verfolgte den Urknall, der das Innerste nach außen katapultierte. Den Bruchteil einer Sekunde zuvor war noch eine lange SMS über das großformatige Display des iPhones gewandert, ein skurriler Versuch, das Rad der Zeit zurückzudrehen, eine Dokumentation der beharrlichen Uneinsichtigkeit und Penetranz des Absenders, dessen dreitausendvierhundertfünfundneunzigste SMS an die Empfängerin das letzte sein sollte, das das nunmehr verendete Gerät wiedergab.

Anna atmete tief und heftig und war selbst überrascht über ihren spontanen Wurf in die Leere des verlassenen Schlafzimmers. Während das iPhone noch durchs Zimmer geflogen war, war vor ihren Augen im Zeitraffer ein Film abgelaufen, in dem sie 17 Jahre lang mit wachsendem Unmut bis zur Erschöpfung mitgespielt hatte: der Film einer gescheiterten Ehe.

Jetzt schien plötzlich die Zeit stillzustehen. In Superzeitlupe sah Anna endlose Kaskaden von SMS und E-Mails aus den Trümmern des iPhones aufsteigen, fühlte, wie das Zerbrechen des Gerätes alle säuberlich angelegten Ordner und Dateien freilegte, und sah, wie deren Inhalt den Raum überflutete und verdunkelte.

Wortfetzen, Phrasen, Drohungen, Beschwörungen, Beschimpfungen quollen aus dem Wrack des Raumschiffes, krochen die Wände hoch, überfluteten das ehemalige Ehebett und besudelten den Boden. Anna verfolgte das Schauspiel dieses Urknalls regungslos wie ein Wesen von einem anderen Stern.

Sie hatte den Planeten ihres Ehelebens mit Oskar verlassen.

LEBENSTRÄUME

Es ist nur mehr eine Stunde bis Mitternacht. Die letzte Stunde dieses Jahres. Anna sitzt nachdenklich an ihrem Schreibtisch und ist erleichtert, dass sie in ihrem Haus völlig allein ist. Nicht kontrolliert, nicht endlos befragt und nicht beschimpft von Oskar.

Oskar verbringt diesen Silvester zum ersten Mal allein mit den Zwillingen und Freunden in den Bergen.

Anna räumt auf, sortiert aus und schafft Ordnung in ihren Gedanken und in ihrem Leben.

Das knisternde Kaminfeuer neben ihr erwärmt ihre unterkühlte Seele und lässt Annas Träume zurückkehren.

Anna hat einen Stapel Briefe vor sich liegen, die mit englischen Briefmarken frankiert sind und den Poststempel London, September 1989 tragen.

London! Der Traum ihrer Jugend!

Anna schließt ihre Augen und erinnert sich.

Sie hatte bereits mit 13 Jahren von einer Reise nach England geträumt, wie sie damals viele junge Mädchen aus Österreich unternommen hatten. Anna war nicht dabei. Es wäre zu gefährlich für junge Mädchen, hatten die Eltern erklärt.

›Sie konnten nicht loslassen, sie haben geklammert‹, denkt Anna heute. ›Aber ich habe meinen Traum weitergeträumt. London hatte sich in meinem Kopf festgesetzt!‹

Neun Jahre später war es so weit!

Sie hatte als junge Studentin ausreichend Geld gespart und einen vierwöchigen Sprachaufenthalt in London gebucht.

Abflug: 31. August 1989.

Anna blättert die Briefumschläge durch.

Vier Briefe sind mit englischer Marke frankiert und von Anna an Oskar, ihren Freund, mit dem sie damals seit wenigen Wochen zusammen war, gerichtet.

Drei Briefe sind an Anna adressiert, abgeschickt von Oskar. Poststempel Wien, September 1989.

Sie nimmt einen ihrer Briefe – es ist der erste – aus dem Kuvert und beginnt interessiert zu lesen.

Bexleyheath, 1. September 1989

Liebling, weißt Du, wie ich den ersten Tag London erlebt habe? Es war ein sonniger Morgen. Ich hatte das Gefühl, wie ein kleines Mädchen, staunend, mit großen Augen, in die hektische, schnelllebige Welt hinauszugehen, alle Eindrücke aufzunehmen ... In Charring Cross kaufte ich das Ticket für den Zug nach Lee Green zu meiner Schule. Wahnsinn! Als ich zu »platform 2« gehen wollte, kam mir eine Welle von Menschen entgegen. Ich weiß nicht, wie viele Menschen nach London arbeiten fahren! ... London! Acht Millionen Einwohner! Ich kann mir das gar nicht so richtig vorstellen! ...

Das Nach-Hause-Fahren vom Schulcenter war tatsächlich ein Erlebnis. Ewig lange Gänge ... endlich ein Schild WAY OUT, die unangenehme, drückende warme Luft in den »U-Stations« ... Mittendrin ich, wie ein kleines Mädchen.

Anna schmunzelt über ihre niedergeschriebenen Eindrücke und fühlt wie damals. Sie spürt ihre Begeisterung über den Sprachkurs im Eurocentre; ihre Fortschritte im Business English; die von ihr auf Videos aufgezeichneten 196 TV-Werbespots; die internationale Mischung der Studenten und Studentinnen aus Europa und Südamerika; das Angebot an sportlichen, kulturellen und gesellschaftlichen Aktivitäten.

Anna kann nach langer Zeit wieder einmal herzlich lachen, als sie sich an ihren Einkaufsbummel mit dem schüchternen deutschen Studenten erinnert, der schließlich nur Unterhosen kaufte, und an die ausgelassenen Squashpartien mit den temperamentvollen Spaniern, die Oskar in Wien ein heftiger Dorn im Auge waren.

Ihr Traum war endlich in Erfüllung gegangen. Es war aufregend gewesen, alleine in dieser Millionenstadt seinen Weg zu finden.

Anna überfliegt den sechs Seiten langen Brief.

Bilder tauchen auf: das typisch englische Reihenhaus von Elli und Ray im Süden Londons; der kleine hübsche Garten; das Zimmer der Tochter, das Anna in der ersten Woche bewohnen konnte; die aufregende Übersiedelung nach Drayton Gardens, Kensington, in die elegante Stadtwohnung von Tante Hella, die bei Annas Ankunft noch im Flugzeug von New York nach London saß.

Anna versinkt in ihrem eigenen Brieftext.

... In Drayton Gardens klingelte ich wie verrückt bei Tante Hella! Niemand da! Also klingelte ich beim Nächsten, eine Männerstimme sagte, dass er Mrs. Furth nicht gesehen hat. Ich klingelte beim Nächsten. Dann kam Michael (die Männerstimme von Nr. 6) zur Haustür, stellte sich vor und meinte: Ich soll Nr. 9 versuchen. Eine Österreicherin wohnt da. Wir gingen beide zu Tür Nr. 9 und die Österreicherin war da. Sie erzählte, dass Tante Hella um ca. 23 Uhr aus New York ankommen würde und dass ein Brief für mich da sei. ... Ich bekam den Schlüssel zu Tante Hellas Wohnung und Ray brachte das Gepäck in mein Zimmer ...

Anna fühlt heute noch, wie abenteuerlich diese Situation für sie war: die scheinbar unendlich große, verlassene, dunkle Wohnung im Herzen von London; die Suche nach den Lichtschaltern; die Suche nach einem Telefon, um Oskar von ihrer Übersiedelung zu berichten.

…Kannst Du Dir vorstellen, wie's hier aussieht? Ich fühle mich als »moderner Mensch« zurückversetzt in die Anfänge des 20. Jahrhunderts (wenn sich nicht soeben der Kühlschrank eingeschaltet hätte).
Die Möbel, Vorhänge, Bilder etc. erinnern an vergangene Zeiten. Die Räume sind sehr hoch, die Vorhänge aus schwerem Stoff, mit Rüschen natürlich, dieselbe Musterung wie Bettüberwurf, ebenfalls mit Rüschen, und wie Tapete. Spiegel, alte vergilbte Fotografien an den Wänden. In der Küche altes Geschirr, Porzellangeschirr mit blauem Dekor. Blick in die Lade mit Essbesteck: Großmutter-like, reif für die Ausstellung »Jugendstil« – ich mag das. Sämtliche Kleinigkeiten wie Türgriffe, Holztruhe in meinem Zimmer scheinen schon lange ihr Dasein zu fristen – es riecht leicht muffig und »alt«. Ich fühle mich jedoch wohl. Die Atmosphäre ist angenehm, ruhig und stimmt vielleicht nachdenklich. Es gibt keine Hektik, kein Stress ist wahrzunehmen – gut so!
Schön wär's, könnten wir alles gemeinsam erleben hier.
Bussi Liebling!

Anna öffnet Oskars ersten Brief, der ihr beim Einzug in Drayton Gardens von der Österreicherin übergeben worden war.

Wien, 2. September 1989, 23.00 Uhr

Meine liebste Maus,
ich komme gerade aus dem Büro und sitze in einer sagenhaft einsamen und leeren Wohnung. Jetzt erst sieht und merkt man, wie trostlos und hohl diese Wohnung ohne Dich ist. Das sind jetzt wirklich keine plumpen Blablas, sondern meine echten Empfindungen …

Anna erinnert sich und zischt empört: »Ich wollte nie Oskars Maus sein!«

Sie überfliegt die weiteren Zeilen und stockt beim vierten Absatz: *Dein Studienkollege Willi hat heute angerufen, um mit Dir einen Treffpunkt in London zu vereinbaren. Er war enttäuscht, dass Du schon weg warst.*

Den nächsten Satz liest Anna Wort für Wort: *Leider habe ich die Adresse seiner Schule i-r-r-t-ü-m-l-i-c-h in den großen Mistkübel unten geworfen und kann Dir diese nicht übermitteln.*

»Mistkerl!«, quittiert Anna dieses dokumentierte Eingeständnis von Oskars Eifersucht und List.

Momentan arbeite ich fast Tag und Nacht – ich liebe Dich – und bringe doch einiges weiter. Alle meine Gedanken sind in letzter Zeit ständig durch Nachdenken über Dich, mein Liebling, unterbrochen.

Ziemlich wehmütig und traurig renn ich da durch die Gegend.

Ich schwör Dir, ich hab noch nie so großen Trennungsschmerz gehabt.

Ich liebe Dich, Maus!

Nie wieder lass ich das zu!

Anna schlägt mit beiden Handflächen auf die hölzerne Schreibtischplatte.

»Ich muss damals blind gewesen sein! Das schreit zum Himmel!«, bricht es aus Annas Innerstem hervor.

Nie wieder lass ich das zu!

Das war bereits damals die erste unverblümte Ankündigung meines späteren Ehemannes Oskar: »*... ich werde dich festhalten, ich werde dich nicht loslassen*«, erkennt Anna zwanzig Jahre zu spät.

›Und jetzt wird's noch unverschämter!‹ Sie liest weiter in Oskars Brief.

Wie geht's Dir? Passt Du gut auf Dich auf? Oder bist Du ständig auf Nachttouren? Spiel nicht auf Freizeitstress! Die wahren Werte auf dieser Kugel liegen woanders. Weißt Du eigentlich, wo diese Werte liegen? Denk mal darüber nach ... Lies Viktor Frankl ...

Schreib mir, was Du so den ganzen Tag machst, was abends etc.
Ja, richtig: Ich liebe Dich!!
Vier Tage nach Deiner Flucht halte ich die restlichen dreieinhalb Wochen kaum noch aus ...
... Mach's gut und komm bald wieder!
... Ich liebe Dich irrsinnig!
Dein Oskar
PS: Entschuldige, der Brief war vielleicht zu spontan.
Du bist abgelenkt und verstehst mich vielleicht nicht so ganz.

Anna ist fassungslos: »Wie kann er die Erfüllung meines langjährigen Mädchentraums als ›Flucht‹ bezeichnen? Wie kann er mich nach vier Tagen auffordern, schon bald wiederzukommen?

Was ist er doch für ein Egoist, der noch dazu über jede Minute meiner Tage einen schriftlichen Bericht einfordert.«

Anna nimmt ihre Londoner Briefe an Oskar zur Hand.

Sie will ergründen, wie die junge Studentin Anna auf Oskars Liebesbriefe geantwortet hatte. Es fehlt ihr jede Erinnerung daran.

Sie bewundert das gleichmäßige weibliche Schriftbild, das sich über viele Seiten erstreckt und Annas Tagesabläufe und Erlebnisse in London in ausführlichen Detailschilderungen preisgibt.

Welch ein Unterschied zu den unregelmäßigen, manchmal wirren Schriftbildern, die Oskars zweiseitige Briefe prägen und ausschließlich seinen Seelenzustand widerspiegeln.

Anna beginnt ihre Antwort auf Oskars ersten Brief zu lesen.

... Liebling! Dein Brief ist wunderbar. Ich habe ihn soeben wieder gelesen. Es macht mich glücklich, Deine Handschrift zu sehen, mir vorzustellen, was Du treibst. In Deinem Brief steckt so viel drinnen. Dein Brief enthält so viel mehr, wenn Du ihn – wie Du formuliert hast – zu spontan geschrieben hast.

Die Entschuldigung, dass er zu spontan war, kann ich leider nicht akzeptieren. Genau so, wie der Brief nun vor mir liegt, ist er Dein Spiegelbild. So soll es doch sein! Liebling – hab Dich unendlich lieb!
Drücke Dich an mich und lass Dich meine starke Liebe spüren!
Bussi, Deine Maus.

»Das ist mir unerklärlich«, stöhnt Anna.

»Macht Liebe blind? War das Liebe? Ich komme mir vor wie bei einer Szene aus Shakespeares Sommernachtstraum. Alles ist Täuschung und Einbildung. Ich erkenne mich nicht wieder. Ich habe mich damals nach einem einzigen Trennungsschmerz-Brief und einigen Sehnsuchts-Telefonaten mit Oskar zur ›Maus‹ gemacht.

Wo ist die begeisterte Englischstudentin geblieben?

Wo die Freude, den Traum London vier Wochen lang zu leben?«

Anna ist es höchst zuwider, die Londoner Liebesbriefe weiterzulesen. Sie kann sich nicht mehr mit der jungen Studentin Anna identifizieren, die vor zwanzig Jahren ihren Traum und ihre Begeisterung binnen einer Woche aus vermeintlicher Liebe geopfert hat. Der Briefwechsel zwischen Oskar und Anna dokumentiert dies Schlag auf Schlag.

Vor Annas Augen spult sich jetzt ein unerfreulicher Film ab, in dem sie selbst die Hauptrolle der jungen Sprachstudentin spielt:

Wien, 5. September 1989, 00.30 Uhr

Servus Liebling,
Zu dem, was in der Folge kommt, habe ich objektiv absolut keinen Grund, aber im Sinne unserer Vereinbarung, »alles frisch von der Leber«, kommen diese Empfindungen, die ich hier mit mir herumtrage, auf's Papier.

Ich bin traurig, sehr sogar. Ich bin gewaltig eifersüchtig, wie, so glaube ich, noch nie zuvor ...
Ich fürchte und befürchte, dass sich bei Dir während Deines »Englandurlaubes« sehr viel abspielt. In jeder Beziehung. Abgesehen von den positiven Elementen – Erholung, Lernen, Impulse etc. – glaube ich, dass Du ein bisschen verändert am 30. September landen wirst. Du bist ständig auf Achse und suchst sogar noch mehr an »Bewegung«. Squashspielen ist sicher gut. Ich bin aber enorm eifersüchtig, dass Du gerade einen Spanier dafür auswählst. Vielleicht erklärst Du mich für dumm, aber es muss raus, wir reden schließlich über alles! ...
Ich vertraue Dir ja voll, aber ich kenne auch das Ambiente, das der Film »Her mit den kleinen Engländerinnen« treffend und humorvoll skizziert. Diese Aufbruchs- und Turbulenzenstimmung, die jetzt in Dir steckt, ist für Dich vielleicht sehr gut und inspirativ, ich aber werde vernichtet dabei. Ich bin irr eifersüchtig, das ist einfach dumme Emotion, aber ich kann nicht anders.
Wahrscheinlich ist auch Angst dabei, dass Du nicht mit der Beziehung zurückkommst, mit der Du abgehauen bist.
Alles Schöne, Gute, Nette und Gemeinsame mag einfach ich mit Dir machen. Ich gönne es dort niemandem, dass er dies an meiner Stelle tut ...
Ich fühle mich sehr einsam und verlassen – zum ersten Mal. Und daraus werden diese Emotionen wohl resultieren.
Verdammt noch mal, ich liebe Dich und Du gehst mir unendlich ab. Ich liebe Dich, mein Schatz!
Trotz aller scheinbaren Vorwürfe, es waren keine Vorwürfe! Nur subjektive Stimmung in mir.
Bitte erzähl weiter alles, was Du machst, und vergiss nicht, ich vertraue Dir!
Ich liebe Dich, ich küsse Dich!!
Pass auf auf Dich.
Buenas Noches! (Ist überhaupt nicht boshaft gemeint!)
Gute Nacht! Tschüss Liebling! Dein Oskar

Annas Antwortbrief an Oskar:

London, 8. September 1989, 8.35 Uhr

Liebling …
Du gehst mir so ab.
Deinen Brief lese ich immer wieder durch, ich sauge ihn auf. Er ist das Einzige, was ich von dir hier habe. Schatz, ich liebe Dich …
Entschuldige, Liebling, aber ich komme noch mal auf meinen ersten Brief zurück. Ich bin ehrlich: Ich war einfach zu feig, im Brief meine Gefühle, meine Gedanken auszudrücken. Wenn ich meine Gefühle in einem Brief mitteile, dann offenbare ich mein Innerstes, alles, was ich habe. Ich hatte Angst davor, Du könntest es dumm finden, was ich schreibe: »Sentimentales Blabla« . Wenn ich aber jetzt meine Gefühle, Gedanken, Wünsche zu Papier bringe, dann meine ich das ehrlich. Ich hab kein Geheimnis vor Dir, nichts zu verbergen. Du kennst mich, bis in mein Innerstes. Du kennst mich wahrscheinlich besser, als ich mich selbst kenne. Warum kannst Du nicht bei mir sein? Ich brauch Dich. Ich liebe Dich! …
Es gibt nichts Schöneres auf der Welt, als zu wissen, dass ein Mensch existiert, der Dich braucht, der Dich liebt. Und wie Frankl formuliert: »Das Wichtigste ist zu wissen, dass ein Mensch Dich liebt, Dich braucht, gleichgültig ob er bei Dir ist oder woanders lebt.«
Im Moment sind wir zwar getrennt, aber nach diesen drei Wochen bleiben wir beisammen. Keine Chance für einen von uns beiden, zu entfliehen …
…
Bussi, Deine Maus

›Hab diesen Text jetzt ICH geschrieben oder ER?‹, zweifelt Anna zwanzig Jahre danach und schüttelt den Kopf. ›Verrückt. Vollkommen ver-rückt im wahrsten Sinn des Wortes!‹

Wien, 9. September 1989

Liebste Maus,
Du bist im Theater, ich sitze da im Bett und mir ist zum Heulen. So viele Qualen habe ich noch nicht aushalten müssen. Es ist zum Wahn-sinnig-werden. Ich brauche Dich. Ich liebe Dich!!
Komm doch bitte rasch nach Hause!
Hoffentlich geht es Dir gut, ich wünsch es mir.
Weißt Du, was es bei mir ist, warum ich so verrückt in Dich verliebt bin? Da ist einfach etwas zwischen uns, was es kein zweites Mal geben kann. Neben all den objektiven Kriterien, die mir an Dir so gefallen, gibt es dieses Etwas, was mir unerklärlich ist. Obwohl ich sonst für alles eine Erklärung habe. Kitschig gesagt, »der Stoff, aus dem die Liebe ist«...
... Bitte komm heim!!!
... Wie war's im Theater? Wie bist Du heimgekommen?
Liebste Maus, bitte verzeih. Aber ich kann keinen klaren Gedanken mehr fassen; ich möchte Dich nicht dauernd auf Distanz anraunzen.
Aber mir ist einfach so.
Es ist zum Heulen.
Ich liebe Dich.
Bussi, Bussi, Bussi, Dein Oskar
Pass auf auf Dich!
PS: Tut mir leid. Ich kenn' mich selbst nicht mehr.
PPS: Wenn DU es willst, hast Du morgen ein Flugticket nach Hause. Ich arrangiere das gerne. Ich geb dir jetzt eine Ruh. Initiative muss aber jetzt von Dir kommen. Du hältst mich ja sonst noch für einen Irren.
Vielleicht nicht zu Unrecht.
Bussi, Baby, Dein Oskar

Am 11. September 1989 um 16 Uhr holte die österreichische Sprachstudentin Anna Koranda am Airport Heathrow das von Oskar Stock für sie hinterlegte, noch unbezahlte Flugticket für ihren Heimflug nach Wien ab. Am Vormittag hatte sie unter Vorweisung einer ärztlichen Bestätigung über die Erkrankung ihres Vaters ihren vierwöchigen Sprachkurs nach zehn Tagen vorzeitig beendet. Ihr Flugzeug startete um 18.30 Uhr nach Wien.

London, der Traum ihrer Jugend versank unter ihr im Nebel.

Die von Tante Hella vorgestreckten 1000 Schilling für das Flugticket zahlte die Studentin Anna Koranda in sechs Raten bis zum Frühling 1990 zurück.

Der Lauftext zum Ende des Filmes Londoner Liebesbriefe ist beendet.

Anna schließt die Augen und lehnt sich in ihrem Schreibtischsessel zurück. Sie fühlt sich in diesem Moment leer und ausgelaugt. So als hätte jemand ihre gesamte Lebensenergie abgesaugt.

Zwanzig Jahre haben die Londoner Liebesbriefe in ihrer Schreibtischlade überlebt. Sie hatte dieses fein verschnürte Briefpaket niemals zuvor geöffnet.

Vor zwanzig Jahren hatte sie ihren Traum vom freien, aufregenden Leben in der Ferne gegen den Traum eingetauscht, den »Mann fürs Leben« gefunden zu haben.

Zwanzig Jahre lang ist ihr Lebenstraum vom »Mann fürs Leben« und einer glücklichen Ehe Stück um Stück in sich zusammengefallen wie ein Kartenhaus.

Jetzt ist ihr klar geworden, dass London der Anfang vom Ende ihrer Liebe und ihres Lebens mit Oskar gewesen ist.

Sie übergibt die Londoner Liebesbriefe dem Kaminfeuer.

Es ist fünf Minuten vor zwölf Uhr Mitternacht.

Silvester 2009. Ihr 17. Ehejahr mit Oskar neigt sich dem Ende zu.

Anna öffnet eine Flasche Barricato 2004 aus der Toskana, lässt den köstlichen Rotwein langsam in die Dekantierkaraffe fließen und bereitet sich innerlich darauf vor, das neue Jahr mit neuem Lebensgeist zu beginnen.

Sie nimmt einen kräftigen Schluck, als draußen die Silvesterraketen über Wien in den Himmel steigen, und verspürt eine spontane Lust, ihre Gefühle und Gedanken niederzuschreiben.

Es hatte ihr gutgetan, als sie im vergangenen Sommer in einer Schreibwerkstatt im Kreise unterschiedlichster Frauen ihre Seele freigeschrieben hatte. Es hatte sie stark gemacht in einer Zeit der ehelichen Stürme und Turbulenzen, in denen sie nicht mehr wusste, welche Rolle sie eigentlich in einem fremdbestimmten Leben spielte.

Anna beginnt das weiße, unbeschriebene Blatt zügig zu beschreiben.

Ich bin viele

In der Mitte des Lebens
zerrissen, zerrieben
ausgesaugt und verbraucht
ermattet und ermüdet

In der Mitte des Lebens
erfahren
mit Geschichte
Ich habe vieles erlebt
Ich habe mich erlebt

In der Mitte des Lebens
geerdet und im Gleichgewicht
ruhend und gestärkt
in Bewegung und neugierig

In der Mitte meines Lebens
voll Lust und Leidenschaft
voll Begierde und Appetit
voll Genuss- und Lebensfreude

In der Mitte meines Lebens
erlöst von Zwängen und Diktat
erleichtert von 1000 Dingen
befreit von Erwartungen nach Perfektion
Frei für neues Entdecken meiner selbst

In der Mitte meines Lebens
habe ich das Gefühl
mich selbst entdeckt und gefunden zu haben

In der Mitte meines Lebens
fühle ich mich stark
Ich bin viele

Anna
1. Jänner 2010

Es ist 00.20 Uhr. Anna legt ihre Schreibfeder zur Seite, betrachtet das Schriftbild ihrer Gedanken und liest ihren Text aufmerksam durch.

›Das Jahr hat gut begonnen!

Ich weiß, wer ich bin und was ich will.

Ich werde morgen meine Freundin Gabriele in Zürich besuchen. Wir werden wie in guten alten Zeiten zu Jahresbeginn gemeinsam ihren Geburtstag feiern.‹

Anna besiegelt ihren spontanen Entschluss mit einem genussvollen Schluck Barricato aus der Toskana.

ENDSTATION

Der Intercity rattert von Zürich Richtung Wien. Anna lehnt ihren Kopf an die Wand des Abteils und lässt die Welt draußen vor dem Fenster an sich vorbeifliegen. Sie schließt die Augen, atmet tief aus und lässt sich von ihren Gedanken davontragen.

›Wohin wird mich meine Reise führen? Wie wird mein Leben weitergehen? Was erwartet mich?

Wird Oskar jemals verstehen, was in mir vorgeht? Wird er begreifen, dass ich endlich ICH sein möchte? ICH sein muss, um nicht völlig unterzugehen? Oder wird er weiter über mich und meine Gefühle brausen wie der Intercity über alles, was sich darunter duckt?

Die Entscheidung, die Oskar in seiner dreitausendvierhundertfünfundneunzigsten SMS vor wenigen Tagen heftig von mir eingefordert hat, habe ich drei Tage lang mit meiner Freundin Gabriele in Zürich besprochen. Die Antwort ist klar, sie ist eindeutig, sie ist unumstößlich.

Ich will die Trennung! Ich will die Freiheit! Sofort.

Ohne faule Kompromisse. Ohne lähmende Versuche, etwas festzuhalten, was es nicht mehr gibt:

Die Anna der letzten zwanzig Jahre.

Die Studentin, die ihren Mädchentraum London dem Druck des Freundes und späteren Ehemannes – *Komm nach Hause oder es ist aus!* – geopfert hat.

Die junge Frau und Unternehmerin, der bald weitere Rollen als zweifache Mutter, Hausfrau und Vorzeigegattin zugeteilt worden sind – mit großem Haus samt großem Garten als großer goldener Käfig.

Die zauberhafte, geistreiche, charmante, bildschöne Frau, die von ihrem Ehemann stolz hergezeigt und peinigend kontrolliert, observiert und beschimpft worden ist.‹

Anna atmet heftig, als die Bilder ihres Lebens wie die Fenster des entgegenkommenden Expresszugs an ihr vorbeirasen. Am liebsten würde sie ihre Gedanken laut hinausschreien.

Ich will endlich ICH sein! Ich will raus aus dem unerträglichen Druck meines Ehelebens! Ich will endlich meine persönliche Freiheit leben.

Die Räder des Intercity kreischen. Der Zug hält. Endstation.

DIE FLAUMFEDER

> Wenn die Liebe Dir winkt, folge ihr
> sind ihre Wege auch schwer und steil.
> KHALIL GIBRAN, *Der Prophet*

Das Licht im Innenhof der Galerie ist aus. Die eiserne Gittertür ist verschlossen. Anna eilt den dunklen Gang entlang und lässt die schwere Holztüre hinter sich ins Schloss fallen.

Auf der Straße wendet sie sich sofort nach links und bemerkt die noch hell erleuchtete Schmuckgalerie ihrer Nachbarin. Wie immer ertönt der lästige Pfeifton beim Eintreten, wie immer kommt Renate einige Schritte entgegen, um Anna herzlich zu begrüßen, und wie so oft ist Renate nach Geschäftsschluss in Gesellschaft.

Max wendet erstaunt den Kopf zum Eingang. Eben noch hatte er den extravaganten Federschmuck in den Glasvitrinen bewundert, war in seinen Gedanken zu den Paradiesvögeln des Regenurwalds entflogen, und nun scheint es ihm, als schwebte eine zarte Flaumfeder über die Schwelle der schicken Schmuckgalerie in der Himmelpfortgasse.

Nach einem langen Galerietag nimmt Anna erleichtert und entspannt das von Renate angebotene Glas Weißwein an und erfreut sich an der kleinen geselligen Runde. Sie setzt sich auf einen der wippenden Design-Hocker, zur Linken die ihr bekannte Steuerberaterin, zur Rechten Max, der ihr eben von Renate launig vorgestellt wird: »Maximilian, der letzte Ritter – kurz Max genannt –, Schriftsteller, Kunstfreund und Lebenskünstler!«

Maximilian fühlt sich frühlingshaft beschwingt. Das zarte Wesen mit dem unwiderstehlichen Lächeln erscheint ihm wie eine Inkarnation des ausgestellten Federschmucks. Die fleischgewordene Flaumfeder. Die Schwebende. Die Geheimnisvolle. Die Lockende.

Anna ist berührt. Sie fühlt sich zu Max hingezogen, ist fasziniert, wagt kaum den Blick nach rechts zu wenden. Maximilians Stimme scheint ihr seit Langem bekannt und vertraut. Sie fühlt sich bei der lebhaften Erzählung über die eiszeitlichen Stadtterrassen Wiens von seiner kräftigen Stimme umschmeichelt, wohlgeborgen wie in einer Nussschale.

Maximilian spürt, dass er diese zarte Flaumfeder an diesem Abend nicht mehr entschwinden lassen möchte. Er ist erfüllt von ihrer Nähe und der unglaublichen Vertrautheit zu einem bisher unbekannten Wesen. Er schlägt den gemeinsamen Besuch einer Vernissage im Palais Niederösterreich vor, der ihm Gelegenheit und Zeit gibt, das Geschenk des Himmels nicht gleich wieder aus den Augen zu verlieren. Das von Gespräch und Wein beflügelte Frauentrio wandert lachend mit ihm durch die erleuchteten Gassen der Innenstadt zur Herrengasse.

Federleicht schwebt Anna an Maximilians Seite dem Abenteuer Kunst entgegen.

Anna ahnt kurz vor dem Überqueren der Herrengasse, dass dieser Abend einen ungewöhnlichen Verlauf nehmen wird. Nein. Sie ist überzeugt davon. Und im nächsten Moment überrascht, als Maximilian ihren zielstrebigen Weg zur Bar des gegenüberliegenden Designer-Hotels abrupt stoppt, sie am Arm nimmt und umlenkt. Erstaunt und neugierig schreitet sie nunmehr an seiner Seite in eine kleine, seitlich der Bar gelegene

Halle – bestimmt von einem wunderbaren, in Rot und Weiß leuchtenden Bodenmosaik. Anna lässt sich in die Polster einer einladenden Designer-Bank sinken, umfängt in ihrer Aufregung und Unsicherheit einen der dort wartenden Polster und drückt ihn fest an sich.

Die beiden Ahnungsvollen sind zum ersten Mal an diesem Abend allein miteinander. Das Menschengewimmel der Vernissage im Palais vis-à-vis ist ebenso Geschichte wie die Künstlergespräche, das gemeinsame Betrachten der ausgestellten Werke, die Jagd nach Buffethappen, das Gedränge in den schmalen Gängen, das Fortfluten der Adabeis in die Nacht hinaus, ihre gemeinsamen Schritte über den Zebrastreifen zum Hotelportal.

Das ist jetzt ihre Nacht. Ihre Designerhöhle, in der ihnen aus großen Gläsern vollmundiger Rotwein aus der Toskana kredenzt wird. In der sie sich entspannen und anspannen zugleich, zueinander hingezogen, einander näherkommend und im Gespräch berührend. Einzige Gäste in der angenehm dunklen, raffiniert beleuchteten Halle mit dem leuchtenden rot-weißen Mosaikboden.

Maximilian bestellt das dritte Glas Rotwein und teilt es lächelnd auf ihre beiden Gläser auf. Anna ist erstaunt, mit welcher Selbstverständlichkeit er den Wein mit ihr teilt, in welcher Vertrautheit sie miteinander sprechen.

Für kurze Zeit wandeln sie im Gespräch auf den Spuren Siddharthas und seiner Suche nach dem Sinn des Lebens.

Anna sieht das kleine blaue Taschenbuch vor ihren Augen, das sie als junge Studentin gelesen hatte, versucht, sich an das Gelesene zu erinnern und hört Maximilians Gedanken dazu wie aus weiter Ferne.

Ihre Seelen und ihre Körper waren inzwischen einander sehr nahegekommen.

Anna fühlt sich beschwingt, aufgewühlt und voll Sehnsucht nach Maximilians Nähe. Entschlossen legt sie ihren zarten Arm um seine Schulter und zieht ihn an sich. Er ist überrascht von der energischen Kraft der zarten Frauenhand, die seinen Nacken umfasst. So musste sich Adam gefühlt haben, als ihm Eva den Paradiesapfel zeigte: »Denk nicht länger nach! Der Apfel ist reif. Pflücke die Paradiesfrucht.«

Zart und erwartungsvoll küsst Anna Maximilian. ›Endlich.‹

Adam genießt die paradiesische Verführung und beginnt langsam von Evas Lippen zu trinken. Sie teilen küssend den letzten Schluck Rotwein. Sie spüren das Verlangen ihrer Körper nach Nähe und Entdeckung. Sie wissen, dass sie dieses Haus heute nicht mehr verlassen werden. Auch der diskrete malaysische Kellner weiß das.

Die Suite Nr. 102 ist frei für die letzten Gäste dieses Abends.

MORGENRÖTE

Noch umhüllt die Finsternis der Abschied nehmenden Nacht die beiden Liebenden. Ihre nackten Körper sind eng aneinandergeschmiegt, als wären sie eins – das erste Menschenpaar vor dem Erwachen. Die zarte Gestalt Annas scheint aus dem Mann an ihrer Seite herauszuwachsen. Sie ist ein Hauch, der sanft über seine Haut gleitet und Maximilians Sinne erweckt. Aphrodite – die Schaumgeborene, die Göttin der Liebe, die aus den Wogen seiner Träume in seine Arme gespült worden ist.

Maximilian lächelt. Die erste Morgenröte lässt die zarte Gestalt an seiner Seite erglühen. ›Wer bist du, unbekannte Schöne, die in paradiesischer Nacktheit an meiner Seite schläft, als wären wir schon immer zusammen gewesen?‹, denkt Max und zieht die zu Boden gefallene Bettdecke behutsam über die Schlafende. Sein Blick gleitet über Aphrodites kleine Füße und ihre schlanken Beine hinauf zu den rosigen Schenkeln, die ihn in der vergangenen Nacht so leidenschaftlich umschlungen hatten.

Träumerisch streicht Max mit seiner rechten Hand über den sanft gewölbten Bauch und die Brüste seiner Geliebten, hauchzart und vorsichtig, um ihren seligen Schlaf nicht zu stören. Ein inniges Gefühl von Liebe zu diesem unbekannten Wesen durchströmt und beseelt ihn.

Eine spontane Liebe, die nicht nach dem Woher und Warum und Wohin fragt.

»Guten Morgen! Willkommen an unserem ersten Tag!«

Anna öffnet langsam ihre Augen, blinzelt suchend in den Raum und findet lächelnd Maximilians Gesicht an ihrer rechten Seite.

HERZKLOPFEN

Anna sieht auf die Uhr. Üblicherweise freut sie sich jeden Samstag, wenn die Zeiger auf drei Uhr stehen und sie die Galerie schließen kann.

Üblicherweise trinkt sie danach beim neuen Italiener ums Eck einen feinen Cappuccino und nimmt Bruschetta mit Tomate dazu.

Üblicherweise bestellt sie dann noch ein Stück Schokoladekuchen, atmet die letzten anstrengenden Galerietage tief aus, beobachtet entspannt durch die großen Fenster des Lokals das Wochenendtreiben in der kleinen Innenstadtgasse und genießt die in ihrem Inneren einkehrende Ruhe, bevor sie nach Hause geht.

Heute ist alles anders.

Anna sieht noch mal aufgeregt auf die Uhr. Es ist fünf Minuten vor drei.

Heute hatte sie die Galerie zwei Stunden später als üblich geöffnet.

Heute hatten sich die restlichen Stunden dahingezogen.

Heute war sie in ihren Gedanken weit weg gewesen.

Sie fühlt sich gleichzeitig müde und beschwingt – als hätte sie jemand zum Leben erweckt!

Hatte sie die wundervollen Ereignisse der letzten Nacht geträumt?

Den ganzen Tag hatte Anna damit verbracht, sich ihren Gefühlen und Gedanken des letzten Abends und der darauffolgenden Nacht noch einmal hinzugeben.

Sie wollte die zufällige Begegnung mit Max noch einmal nachempfinden, sich an jede Einzelheit erinnern.

Sie wollte sich an die gemeinsamen Gespräche über Kunst und Siddhartha erinnern, an dieses aufregende Gefühl, an seiner Seite zu sitzen.

Sie wollte sich an den Geschmack des Rotweins erinnern, an das Verlangen ihrer Körper nach Nähe.

Sie wollte sich an das Gefühl der Entspannung nach dem ersten Kuss erinnern.

Sie wollte sich an Maximilians liebevolle Berührungen erinnern.

Sie wollte sich an dieses Beben und Explodieren, das sie innerlich empfunden hatte, erinnern.

Das Herz klopft Anna bis zum Hals.

Sie erwartet Maximilians Besuch in der Galerie, den er bis spätestens drei Uhr angekündigt hatte. Sie möchte am liebsten die Zeit anhalten. Vielleicht sollte sie heute – nur heute – länger offenhalten?

Fragen beginnen durch Annas Kopf zu geistern.

Wieso kommt er nicht? Wieso ruft er nicht an? Was fühlte er in dieser gemeinsamen Nacht?

Es ist drei Uhr. Punkt drei Uhr. Max ist nicht erschienen.

Anna ist enttäuscht. Sie beschließt, die Galerie nicht länger offenzuhalten. Sie wird Maximilian auch nicht anrufen.

Gleichzeitig denkt sie mit einem warmherzigen Gefühl an den Augenblick, als Max auf Renates Anregung eine verdrückte Visitkarte – die letzte – aus seiner sich auflösenden Brieftasche gezogen und Anna übergeben hatte.

Auch Anna hatte eine Visitkarte aus ihrer Tasche geholt und Maximilian überreicht. Es war für beide die unausgesprochene Aufforderung: Ich bin für dich erreichbar. Es liegt in deiner Hand, mich wiederzusehen.

›Vielleicht hat sich Maximilians Brieftasche inzwischen vollends aufgelöst und meine Karte ging verloren?‹ Anna denkt wild durcheinander. ›Oder er findet meine Karte nicht? Oder er hat den zugesagten Besuch in der Galerie vergessen? Oder das wunderbare gemeinsame Erlebnis war für ihn nicht mehr als ein flüchtiges Abenteuer?

Unmöglich!‹

Anna ist verunsichert. Anna wartet mit klopfendem Herzen auf das Klingeln ihres Telefons.

Max hastet atemlos durch den Stadtpark und versucht zum dritten Mal Anna telefonisch zu erreichen.

Es ist Viertel nach drei Uhr! Er hat sein erstes Rendezvous mit Anna verschlafen! Verschlaaafen!

Max ist wütend auf sich selbst. Warum hatte er nicht den Weckruf eingestellt, als er in seliger Müdigkeit nach einer zauberhaften Liebesnacht ins eigene Bett gefallen war? Was sollte Anna von ihm denken, wenn er den angekündigten Besuch in ihrer Galerie »bis spätestens drei Uhr« nicht abgestattet hatte? War sie bereits über alle Berge? Fort. Unerreichbar für ihn?

Der Rufton ihres Handys ertönt endlos. Sein Anruf ist wieder erfolglos. Ungehört. Ohne Reaktion am anderen Ende der Verbindung. Max wird nicht einmal aufgefordert, eine Nachricht auf der Sprachbox zu hinterlassen. Er eilt mit Riesenschritten die Himmelpfortgasse stadteinwärts und bleibt keuchend vor dem Torbogen des mittelalterlichen Stadthauses stehen, in dessen ehemaligen Stallungen Annas Galerie beheimatet ist.

Das Tor ist verschlossen. Auch die Klingel zur Galerie, die Max mehrmals kräftig drückt, kann daran nichts ändern. Die schwere dunkelgrüne Holztüre öffnet sich nicht.

»Du siehst müde aus, Anna!«, stellt Renate treffend fest. »Stimmt was nicht? Komm, iss eine Kleinigkeit mit mir!« Sie stellt einen Teller mit köstlichen Brötchen auf den Tisch und setzt sich zu Anna, die ins Leere zu blicken scheint und ihr Handy auf der Tischplatte nervös hin und her schiebt. »Ist es gestern spät geworden?«, forscht Renate mit weiblicher Neugier.

»Wir hatten noch ein interessantes Gespräch über unsere Ansichten von Kunst und den Kunstbetrieb«, federt Anna die neugierige Frage ab. »Aber heute schien mein Galerietag kein Ende zu nehmen. Danke für die Stärkung, Renate. Das tut gut.«

Dic beiden Galeristinnen führen im Gleichtakt die köstliche Labung zu ihrem Mund und beißen herzhaft in die üppig belegten Brötchen. Ein eiliger Passant wandert an den Auslagenfenstern der Schmuckgalerie vorbei. Annas Augen beginnen plötzlich zu leuchten. Ein Lächeln huscht über ihr Gesicht.

»Schmeckt es dir?«

»Köstlich!«, strahlt Anna und zieht plötzlich ihr Handy ganz zu sich. Im nächsten Augenblick ertönt ein heller Klingelton.

»Hast du einen sechsten Sinn?«, wundert sich Renate, die ihre Freundin genau beobachtet hatte.

»Ich glaub schon. Seit meiner Kindheit. Das wird mein Bruder sein. Er verbringt das Wochenende in Wien …« Anna steht auf, entfernt sich einige Schritte von Renate und nimmt den Anruf nach dem dritten langen Klingelton an.

LEBENSLINIEN

Max tänzelt verspielt über die alten Pflastersteine im Heiligenkreuzer Hof. Er ist vergnügt und fröhlich. Ein großes Kind, das sich im Tempelhupfen übt und voll Freude die Ankunft der Spielgefährtin erwartet.

Anna hatte Verständnis gezeigt für seine Verspätung und spontan ein Treffen im Salon Hollmann vorgeschlagen. Eine behagliche Oase inmitten der geschichtsträchtigen Altstadt; ein Refugium für Ruhesuchende, Genießer und Verliebte; ein Ort, um Lebensgeschichten zu hören und zu schreiben.

Max öffnet schwungvoll die Glastür zum Salon, betrachtet aufmerksam den gewölbten Raum mit seinen dicken alten Mauern und Durchgängen und stellt fest, dass er wohl der erste und einzige Gast zu dieser Nachmittagsstunde ist. Gleich neben dem Eingang lädt eine Fensterbank, vor der zwei kleine hohe Holztische postiert sind, zum Verweilen ein. Eine lang gestreckte Bar teilt den weißen Gewölberaum. Weiße Rosen in einer hohen Glasvase begrüßen die eintretenden Gäste.

›Das ist der Platz für unser erstes Rendezvous!‹, entscheidet Max und zieht den vor dem ersten Holztisch stehenden Hocker zu sich. ›Anna zu meiner Linken auf der bequemen Bank mit Ausblick auf die weißen Rosen – und ich nahe an ihr stehend und dann auf dem Hocker, das Gewölbe überblickend bis in den nächsten Raum mit dem großen Gesellschaftstisch, den silbernen Kerzenleuchtern und der Kuckucksuhr‹, die eben die volle Stunde verkündet. Es ist vier Uhr nachmittags.

»Hallo Max.« Anna ist eingetreten. Die Flaumfeder. Aphrodite. Die Geliebte.

Der schlanke Mann hinter der Theke hebt gleichzeitig mit Max seinen Kopf und grüßt die Eintretende im Chor mit Max:

»Hallo.« Anna lächelt.

»Darf ich vorstellen, Max. Das ist Max!«

Dann küsst sie den verdutzten Max liebevoll auf den Mund, blickt auf den von ihm gewählten Tisch und strahlt:

»Das ist mein Lieblingstisch für meine Mußestunden. Hast du das gewusst?«

»Pure Intuition, Bauchgefühl, Seelenverwandtschaft – ein gutes Omen!«, lacht Max und bestellt bei Max, dem Kellner, den Begrüßungstrunk:

»Max, Sie wissen sicher, was Ihr hübscher Stammgast gerne trinkt! Ich schließe mich der Wahl an.«

Max hilft Anna aus ihrem weichen schwarzen Wollmantel und hängt ihn neben seinen caramelfarbenen Kaschmirmantel.

»Ein hübsches Paar!«, bemerkt Max schelmisch, der eben Anna zwei Gläser mit erfrischendem, naturbelassenem Biowein aus dem Weinviertel serviert.

»Sieht aus, als wären die beiden schon lange gemeinsam unterwegs.«

»Eine kleine Ewigkeit«, schwindelt Anna, der es wohltut, ihr erstes Rendezvous mit Max mit lockeren Scherzen zu beginnen. Auch Max fühlt sich wohl und scherzt:

»Aber den Max vom Salon Hollmann hat mir Anna bisher beharrlich verheimlicht. Prost auf die heutige Premiere!«

Anna und Max trinken den erfrischenden Biowein, lassen ein Salonbrettl mit verschiedenen Köstlichkeiten der Küche herbeibringen, genießen die Zweisamkeit vor dem Ansturm der Abendgäste und haben viel Zeit, einander zuzuhören und kennenzulernen.

Es ist ihr erstes Rendezvous!

Ihre Augen suchen einander, ihre Nasenspitzen berühren einander, ihre Lippen finden einander.

»Schön, dass du da bist!«

»Schön, dich wiederzusehen!«

Sie lachen leicht verlegen und betrachten einander mit etwas größerem Abstand.

»Bist du's?«

»Ich bin's!«

Gemeinsames Lächeln. Gemeinsames Schweigen und stilles Schwelgen in der Erinnerung an die vergangene Nacht. Doch sie wechseln kein Wort darüber, haben ihr Erlebnis sorgsam in ihrem Innersten verwahrt und hüten es dort als ihren geheimen Schatz.

»Ein inspirierender Ort«, lobt Max anerkennend Annas Wahl für ihren Treffpunkt.

»Ein verschwiegenes Gewölbe, um Lebensgeschichten zu erzählen, ohne dass die halbe Stadt am nächsten Tag darüber spricht …«

Anna lacht. »Wer interessiert sich schon für meine Lebensgeschichte?«

»Ich, Anna. Ich möchte herausfinden, wer die Frau ist, die mir den Kopf verdreht hat.«

»Darüber denkst du erst jetzt nach? Üblicherweise beginnen Liebesgeschichten damit, dass die Auserwählten einander langsam kennenlernen, voneinander erzählen, miteinander lange Spaziergänge unternehmen und … und … und …«, doziert Anna wie eine Lektorin bei der Einführungsvorlesung über das Phänomen Liebe.

»Üblicherweise reden sie dann über belanglose Dinge, verbergen ihre spontanen Gefühle aus Angst, sie könnten ein Irrtum sein, und verabschieden sich mit den platten Worten ›Man sieht sich‹«, lästert Max. »Aber wir sind anders. Wir haben etwas erlebt und zugelassen, das es ›üblicherweise‹ gar nicht gibt: die Liebe auf den ersten Blick!«

»Gibt's die wirklich?«, zweifelt Anna und hofft, dass Max mit einem lauten »Ja, natürlich!« antworten wird.

»Mhm, gute Frage. Ich weiß es nicht.« Max blickt tief in Annas Augen und zieht seine dichten schwarzen Augenbrauen fragend hoch. »Weißt du es?«

»Woher soll ich das wissen?«, antwortet Anna und hebt ihre zarten Schultern als Zeichen: ›Jetzt bist du wieder an der Reihe.‹

Max ergreift Annas Hände, dreht ihre Handflächen nach oben und beginnt darin wie in einem Buch zu lesen.

»Ich weiß nicht, ob es die Liebe auf den ersten Blick gibt. Aber ich glaube daran! Alles, was wir seit gestern erlebt haben, deutet heftig darauf hin. Und deine Lebenslinie bestätigt es, wie ich sehe!«

Max streicht mit seinem Zeigefinger sanft über Annas Handfläche, ihre Lebenslinie suchend und verfolgend. Annas Hand ist feingliedrig, fast kindlich und passt gut in die fleischige, männliche Hand Maximilians, auf der sie nun gebettet ist. Max beginnt seine Handlesung mit beschwörender Stimme.

»Dein neues Leben hat eben begonnen! Deine Lebenslinie ist unterbrochen. Sie hat sich nach innen verlagert. Das bedeutet Veränderung. Positive Veränderung! Die weitere Lebenslinie hat einen guten Schwung. Du liebst das Leben, die Menschen und alles Schöne. Du kannst genießen – beim Essen, in der Kunst und in der Liebe.«

Anna sieht Max prüfend an: »Bist du ein Wahrsager, Max?«

»Nein, Anna. Aber ich lese aus deinem Herzen vor.«

»Du liest in meiner Hand, Max«, erwidert Anna streng.

»Ja. Und die schön geschwungene Herzlinie deiner Hand verrät mir, dass du ein freundlicher Mensch bist, Ideale und Träume hast und Liebe schenken kannst!«

Max zieht seine linke Hand langsam unter Annas linker Hand hervor. Jetzt bilden ihre Hände eine Doppelseite in Adam & Evas Lebensbuch. Jetzt ist der Augenblick gekommen, den Max besonders genießt.

»Das ist keine Wahrsagerei. Das ist totale Übereinstimmung! Schau mal.«

Anna ist verwirrt. Will Max sie auf den Arm nehmen oder meint er das ernst, was er ›wahrsagt‹?

»Schau doch, Anna. Deine drei Hauptlinien passen genau in meine drei Hauptlinien. Unsere Herzlinien enden in gleichem Bogen zwischen Zeigefinger und Mittelfinger: ein Glückszeichen! Unsere Kopflinien sind im Gleichklang abwärts über die Handmitte geschwungen. Das heißt: Wir sind beide romantisch veranlagt; offen für die schönen und kleinen Dinge des Lebens und in harmonischer Übereinstimmung. Und diese Harmonie zeichnen unsere Lebenslinien ab der Lebensmitte in unsere Handflächen.«

»Jetzt möchte ich wissen, ob das alles stimmt!«, fordert Anna mit weiblicher Konsequenz.

»Das ist mir alles ein bissel unheimlich.«

»Wo bleibt das Urvertrauen, die Intuition der Frau, das berühmte Bauchgefühl, das uns Männern angeblich abgeht?«, kontert Max. »Frag dein weibliches Gefühl. Dein Herz, deinen Kopf, was sie zu meiner Deutung sagen.«

Anna atmet tief durch und stellt den von Max genannten Auskunftsorganen im Schnellverfahren ihre Fragen.

Max beobachtet sie aufmerksam in Erwartung ihrer Antwort.

»Das kann schon stimmen ...«, flüstert Anna ahnungsvoll. »Aber ... wir müssen es erst herausfinden ...«

Max lacht befreit. »Gratuliere! Die Sphinx vor den Pyramiden oder das Orakel von Delphi hätten es nicht präziser ausdrücken können! Jetzt weiß ich Bescheid. Eine raffinierte weibliche Antwort: ›Wir müssen es erst herausfinden.‹ Das heißt in der Übersetzung des Orakels für Männer: ›Wir müssen uns noch oft und oft wiedersehen, bevor ich – Frau – meine Entscheidung treffen kann.‹ Stimmt's, Anna?«

»Stimmt. Aber wäre das ein Fehler, Max, wenn wir einander oft und oft wiedersehen?«

»Das müssen wir erst herausfinden«, neckt Max seine Sphinx vom Heiligenkreuzer Hof. »Ich tu das sehr gerne. Willst du mich am nächsten Wochenende im Salzkammergut besuchen? Auch ein göttlicher Platz, um Lebensgeschichten zu erfahren und zu schreiben.«

Anna freut sich über diese Einladung und schiebt diesmal ihre Antwort nicht auf die lange Bank:

»Ich besuche dich gerne. Ich erzähle gerne. Ich schreibe gerne.«

»Perfekt! Dann schreiben wir ein Buch über die Liebe.«

Max steht kurz auf und holt wortlos eine Hollmann-Postkarte mit einem schwarz-weißen Bild von der Theke: Robert Hollmann persönlich im karierten Pyjama auf den Knien über den Boden rutschend, die linke Hand aufgestützt, mit der rechten versuchend, eine Tasse Tee zum Mund zu führen. Auf Hollmanns Rücken reitet sein Töchterchen im Kinderpyjama, blond gelockt und grimmigen Blickes eine frische Semmel im Mund.

»Frühstück wie zu Hause ...« ist in feinem Schriftzug über der Vater-Kind-Idylle an die Wand neben die Kuckucksuhr geschrieben. »Mo–Fr 8h–11h, Sa 10h–18h.«

Max überreicht Anna mit formvollendeter Geste die Postkarte mit den Worten:

»Willkommen zum Frühstück bei Maximilian, am Samstag, dem 6. März.

Treffpunkt zur literarischen Einstimmung: Kulturcafé Gmunden am Freitag ab 18.00 Uhr.«

Anna ist sprachlos. Sie spürt die Vitalität und Lebensfreude, die Max offenbar in die Wiege gelegt worden sind, wie seine stark ausgeprägte Lebenslinie vorhin gezeigt hatte. Sie spürt seine Entschlossenheit, mit ihr gemeinsam herauszufinden, ob die Liebe auf den ersten Blick weiterlebt. Sie spürt, dass eine neue Zeitrechnung in ihrem Leben begonnen hat.

Die Kuckucksuhr im Salon Hollmann verkündet die aktuelle Stunde: Es ist sechs Uhr abends.

FRÜHLINGSERWACHEN

Max steuert zielsicher auf den kleinen runden Tisch in der Ecke der Glasveranda zu. Von hier aus kann man einerseits über den Traunsee zum Seeschloss Ort und weiter bis zum hoch aufragenden Traunstein sehen, andererseits ist der Blick über die tiefer liegenden Tischreihen an der linken und rechten Seite bis zum Eingang des Kulturcafés frei.

Ein idealer Hochsitz zur Beobachtung des »Wildwechsels«, der hier jeden Tag zur Dämmerstunde einsetzt. Das Kulturcafé ist ein beliebter Treffpunkt einer bunten Mischung der Gmundner Gesellschaft mit einem auffallend hohen Anteil an Frauen, die hier in kleinen oder größeren Gruppen die Tische bevölkern und stundenlang angeregt miteinander reden.

Ein Literatur- und Jazzcafé mit ansprechenden Darbietungen zeitgenössischer Künstler, ein nächtlicher Hafen mit einer langen Theke, an der die Singles nach vollbrachtem Tagwerk vor Anker gehen und zusammenfinden können, ein Ort, an dem sich niemand einsam fühlen muss, weil er oder sie im Laufe des Abends von den Wogen der Musik und der sich ständig vermehrenden Menschenmenge in einem aufgeheizten Gewirr von Stimmen und Leibern zu einem gemeinsamen Ganzen verschmolzen werden. In Stimmung gebracht von frisch gezapftem Bier, einem bewährten Weinsortiment und animierenden Longdrinks, gestärkt von kulinarischen Köstlichkeiten, deren Duft das Lokal durchzieht, herzlich willkommen geheißen von

Ingrid, der quirligen Chefin und Gründerin des Kulturcafés, die ihre Gäste mit einem beseelenden Lächeln begrüßt, umarmt, küsst und auch im dichtesten Menschengewühl irgendwo hineinquetscht und in der großen Kulturcafé-Familie unterbringt.

Jetzt sind nur wenige Tische besetzt, der Freitagabend beginnt mit der blauen Stunde, die draußen den See und seine Ufer in ein mystisches Licht hüllt.

Max macht es sich in seinem roten Lederfauteuil bequem und bestellt einen Pfiff Bier. Er zieht es vor, sein Bier aus einem Glas zu trinken, das wohlgeformt und leicht in seiner Hand ruht und den Gerstensaft frisch hält, bis er Schluck um Schluck genussvoll ausgetrunken ist.

Das ist Ausdruck seiner Lebensphilosophie: »Weniger ist mehr!« und »Genieße den Augenblick!«

Welch ein Gegensatz zu den schweren Krügeln, die üblicherweise in den Bierlokalen zum Mund gestemmt und in durstigen Zügen geleert werden oder halbvoll auf der Theke vor sich hin dämmern, wenn ihre Besitzer ins Gespräch mit einer nachbarlichen Verlockung versunken sind. Ihre edle Schaumkrone ist zusammengefallen, die Frische des Biers hat sich verflüchtigt, von der belebenden Köstlichkeit ist nur mehr ein lauwarmer Nachgeschmack übrig geblieben.

›Mhm, fast ein Spiegelbild vieler Menschenschicksale‹, kommentiert Max seine bierphilosophischen Betrachtungen.

Es ist 18.20 Uhr. Anna wird bald da sein. »Ich freu mich auf dich«, murmelt Max.

Gabriellas Song aus dem Film *Wie im Himmel* tönt zum sechsten Mal seit Annas Abfahrt aus Wien aus den Lautsprechern des Wagens »Jetzt gehört mein Leben mir ... Ich will nur glücklich sein, dass ich bin, wie ich bin. Stark und frei sein, sehen, wie die Nacht zum Tag wird ...«

Die blaue Stunde ist angebrochen, die Berge des Salzkammerguts zeichnen sich rund um den Traunsee als graublaue Silhouetten ab. Anna mag dieses blaue Licht, die Stunde, in der sich der Tag noch nicht ganz verabschiedet hat und die Nacht mit ihrer Dunkelheit noch nicht ganz Einzug gehalten hat.

Die Anfahrt zum Kulturcafé hatte ihr Max, der Märchenerzähler, gut beschrieben – sie hat noch seine Stimme im Ohr: »... fahr die Gmundner Esplanade entlang, ... gegenüber vom Seeschloss Ort wird dich schon von Weitem ein großer Glasluster in einer verglasten Veranda im ersten Stock der Villa Lehmann begrüßen: Willkommen Prinzessin ... In der Gartenetage erwartet dich dein Prinz.«

Das Licht des Glaslusters ist von Weitem zu sehen, mühelos findet Anna den richtigen Weg zum Kulturcafé, Villa Lehmann, Esplanade 27. Die Esplanade, gesäumt von bizarren Baumskulpturen, ist ihr vertraut, so wie ihr Gmunden aus Kurzbesuchen bei ihrer Freundin Doris vertraut ist. Anna nimmt die bekannten Bilder dankbar auf. Vertraute Bilder beruhigen und Anna ist höchst aufgeregt.

Sie holt aus ihrer Reisetasche eine frische weiße Bluse und zieht sich im Wagen um. Dann fährt sie sich mit den Fingern durch ihr Haar und besprüht ihr Gesicht mit belebendem Rosenwasser. Sie fühlt sich nach der zweistündigen Reise angenehm erfrischt.

Anna wendet sich voll Neugier und Vorfreude dem Kulturcafé auf der anderen Straßenseite zu. Die großzügige Glasveranda erlaubt einen ersten Einblick ins Lokal. Es sieht gemütlich und einladend aus. Anna überquert eiligen Schrittes die Straße.

›Wird Max schon da sein? Werde ich ihn gleich entdecken? Wo ist denn der Eingang? Kann er mich schon sehen? Werden wir uns küssen zur Begrüßung? Was wird dieser Abend bringen? Max hatte sie launig zur literarischen Einstimmung ins Kulturcafé eingeladen! Literarische Einstimmung?‹

Anna bleibt kurz vor der Stiege zum Eingang stehen und atmet an der frischen Luft noch einmal tief durch.

Sie tritt in den Vorraum und streift für eine Sekunde ihr Spiegelbild im großen, dunkel gerahmten Spiegel. Daneben bieten bunte Plakate, Ankündigungen und Einladungen ein Spiegelbild des vielfältigen Gmundner Kulturlebens: Jazz-Brunch, Tangokurs, Yoga und Meditation, Vernissagen, Lesungen, Trommelworkshops.

Viele Teelichter und Duftkerzen verleihen dem eher kargen Vorraum eine behagliche Stimmung. In einer Glasvase sind üppige rote Tulpen drapiert: ein früher Frühlingsgruß!

»Da ist dein Pfiff!« Werner stellt die schaumgekrönte Biertulpe mit pfiffigem Blick vor Max auf den Tisch. »Erwartest du noch jemanden? Du siehst ganz danach aus!«

»Ja, Werner, mein Bier. Du weißt, was mir guttut ...« Max lässt die Neugier des sonst so diskreten Werner unbefriedigt.

»Das wird doch nicht alles gewesen sein«, bleibt Werner am Ball. Noch hat er keinen Abendstress, gleichzeitig zehn herandrängende Gästewünsche erfüllen zu müssen. Noch hat er Lust und Laune, sich mit Scherzen und Plaudereien aufzuwärmen für die bevorstehende lange Nacht der ununterbrochenen Erfüllung von Wünschen anderer. Jetzt ist es sein Wunsch, zu ergründen, warum der sonst so coole Stammgast offensichtlich in einer bewegten Stimmung ist und seine Blicke abwechselnd hinaus zur blauen Stunde am See und dann hinüber zu den Vorhängen beim Eingang gewandert sind, die die kalte Luft draußen- und die neuen Gäste hereinlassen.

Werner ist berufsbedingt ein Menschenkenner und Lebensphilosoph. Max mag ihn. Für ihn ist Werner die Personifizierung des Kulturcafés. Der sehr menschliche Ausdruck dieser Kultstätte an den Ufern des Traunsees, die eine Inspiration und ein Arbeitsort für Literaten, Künstler, Geschäftsleute und Sinn- oder Partnersuchende ist.

»Ich kann's dir nicht verheimlichen, Werner. Du entdeckst es ja ohnehin bald – ich spür das Frühlingserwachen! In zwei Wochen ist Frühlingsbeginn! Fühlst du auch schon dieses Kribbeln in dir?«, lacht Max Werner an.

Werner dreht sich kopfschüttelnd um und antwortet Max im nächsten Moment mit pfiffigem Blick:

»Mein Gefühl sagt mir, dass dein ›Kribbeln‹ eben zur Tür hereingekommen ist und dich sucht!«

Zwischen den schweren Vorhängen beim Eingang in den Barraum schwebt eine zarte, weiße Flaumfeder. Anna. Die Madonna von der Himmelspforte. Die Sphinx vom Heiligenkreuzer Hof.

Ihr Blick eilt aufgeregt durch die ihr unbekannte Szenerie. Sie scheint auf der Schwelle zum Abenteuer Salzkammergut zu tänzeln, bis ihr weiblicher Instinkt erfasst hat, ob sie den Weg links oder rechts der Bar wählen soll. Dann erspäht sie hinter dem auf sie zugehenden lächelnden Kellner in der äußersten Ecke der Glasveranda ihren Wahrsager, Handleser und Schriftsteller aus Wien.

Max nimmt die drei Stufen zwischen der Glasveranda und dem Barraum im Sprung und eilt in Riesenschritten auf Anna zu.

»Willkommen im Salzkammergut! Willkommen bei der blauen Stunde am Traunsee! Willkommen im Literaturcafé!«

Max umarmt Anna und empfängt sie mit einem liebevollen Willkommenskuss!

Werner lächelt hinter der Theke, zapft ein frisches Bier und zwinkert Max zu. Frühlingserwachen!

»Schön ist es da, mein Prinz! Die Prinzessin kann auf ihr Seeschloss gegenüber sehen und der Prinz hat sie wirklich in der Gartenetage erwartet, wie angekündigt.«

»Hast du daran gezweifelt, Prinzessin? Wir sind schon mittendrin in der Handlung unseres ungeschriebenen Liebesmärchens!«

»Wollten wir nicht ein Buch schreiben? Ein Buch über die Liebe?«

»Warum kann das kein Märchen sein? Da wissen wir wenigstens, dass es mit einem guten Ende ausgeht.«

»Mhm, mhm, mhm ... Mit einem Happy End bin ich einverstanden. Und wie kommt's dazu?«

»Indem der verzauberte Prinz für die hungrige Prinzessin etwas Feines zu Essen und Trinken herbeischafft. Eine gemischte Platte, üppig belegt mit Prosciutto, Mozarella, Tomaten, gefüllten Oliven, Minipeperoni, knackigen Salatblättern und einem duftenden getoasteten Knoblauchbrot – ein Klassiker im Kulturcafé!«

»Ich sterbe vor Hunger! Ich habe seit dem Frühstück nichts mehr gegessen«, seufzt Anna, »und ich bin halb verdurstet. Gibt's auch frisches Wasser und Rotwein für die Prinzessin?«

»Zweigelt vom Heinrich, Blaufränkisch vom Zimmermann oder Rioja aus Spanien«, ertönt es da hinter Annas Rücken. »Und Quellwasser aus dem Höllengebirge«, begrüßt Werner die schöne Unbekannte. »Das muss der Frühling sein, auf den du gewartet hast, Max.«

Alle drei lachen, Anna ist aufgenommen in die Kulturcafé-Familie. Anna, die Märchenprinzessin. Sie thront in ihrem bequemen Lederfauteuil in freudiger Erwartung dessen, was aus Küche und Keller serviert wird.

Die Gläser klingen, die Herzen singen. Anna und Max tafeln vergnügt, prosten einander zu und erzählen die Lieblingsmärchen aus ihrer Kindheit. Zwei groß gewordene Kinder, die mit allen Sinnen im Augenblick leben. Im Jetzt und Hier. Ohne Vergangenheit und Geschichte. Auf der Suche nach der Liebe.

»Liebe braucht Muße, Liebe braucht Zeitlosigkeit, Frohsinn und Lebensfreude,« schwärmt Max. »Sie lassen die Liebe erwachen und wachsen wie der Frühling die ersten Schneeglöckchen und Himmelschlüssel.«

»Max, du Poet!«, lacht Anna schelmisch. »Bin ich jetzt ein Schneeglöckchen oder ein Himmelschlüssel in unserer Geschichte?«

Es bereitet ihr sichtlich Vergnügen, mit Max ein Liebesmärchen zu entwerfen, mit Worten zu spielen und auf Spurensuche zu gehen, um herauszufinden, ob es die Liebe auf den ersten Blick wirklich gibt und ob sie in einer lieblosen Welt überleben kann.

»Du kommst zuerst als zartes Schneeglöckchen zur Welt und wirst dann zum Himmelschlüssel für IHN«, verrät Max das Geheimnis der Handlung. »Wir wissen aber jetzt noch nicht, ob dieser Himmelschlüssel auch wirklich das Tor zum Himmel aufsperrt. Das müssen wir erst herausfinden ... Kommt dir dieser Ausspruch bekannt vor?«

»Natürlich. Es ist der Ausspruch einer rätselhaften Dichterin, einer Frau mit Lebenserfahrung und Weitblick.«

»Der Satz könnte aber auch von einem neugierigen Poeten stammen, der das Geheimnis des Himmelschlüssels entdecken möchte.«

»Echte Himmelschlüssel haben keine Geheimnisse und öffnen die Himmelspforte, wenn sie von der richtigen Hand bewegt werden.«

»Da schließt sich der Kreis der Geschichte«, freut sich Max und zitiert den Handleser vom Heiligenkreuzer Hof: »Ihre

Hände fügten sich harmonisch ineinander, ihre Lebens-, Herz- und Kopflinien zeigten eine wunderbare Übereinstimmung. Sie waren füreinander bestimmt!«

»Und wenn sie nicht gestorben sind, dann leben sie noch heute! Prost, Max! Ich glaube, unsere Geschichte wird spannend.«

Die weiße Kutsche der Prinzessin rollte langsam durch den dunklen Wald. Sie folgte den starken Pferden, die Maximilians silberne Kutsche zogen. Wagenlichter huschten über die mächtigen Stämme der Buchen, die wie stramme Wächter den Weg zum Schloss säumten. Der schrille Schrei eines Käuzchens durchdrang gespenstisch die Nacht.

Die Kutschen hielten an.

Das weiße Mondlicht beleuchtete den steil ansteigenden Hang und seine Baumriesen.

Maximilian sprang federnd aus seiner Kutsche und öffnete schwungvoll den Wagenschlag von Annas Kutsche: »Wir sind da. Willkommen in meiner Bärenhöhle!«

»Warum nennst du dein Haus eine Bärenhöhle, Max?«, wunderte sich Anna, als sie an der Seite Maximilians die jetzt hell erleuchteten Räume des Landhauses durchschritt.

»Weil ich hier am Waldesrand wie ein einsamer Bär lebe, Anna.«

»Bist du ein glücklicher Bär?«

»Ein sehr glücklicher Bär! Ich liebe die Ruhe, ich liebe die Natur und ... ich liebe dich!«

Das hatte Anna nicht erwartet. Sie war überrascht. Sprachlos. Zum ersten Mal an diesem Abend!

Sie legte zart ihre beiden Arme um Maximilians Schultern und küsste ihn innig auf den Mund. Seine Hände ruhten warm und leicht auf ihren Hüften. Anna spürte die Wärme seines Körpers, die sie durchströmte.

»Komm, wir zünden die Kerzen an!«, flüsterte Max.

Anna bemerkte nun die Kerzenleuchter und kleinen Teelichter, die im Wohnsalon verteilt worden waren. Mit freudigen Augen erblickte sie auch die knospenden Frühlingsblumen am Tisch.

Sie fühlte sich geschmeichelt, Max hatte die Bärenhöhle für ihr gemeinsames Wochenende geschmückt.

Max freute sich. Er hatte Anna still beobachtet und auch die Freude, die über ihr Gesicht huschte, wahrgenommen. Er hatte wohl überlegt, wie er Anna in seinem Haus empfangen könne, sodass sie sich aufgenommen und wie zu Hause fühlen würde.

Sie gingen von Kerze zu Kerze, Max entzündete sie und drehte die großen Lichter ab.

›Geheimnisvoll‹, dachte Anna.

Das hohe Fensterband im Wohnsalon spiegelte die Kerzenflammen wider, Hunderte Lichter tanzten durch die Nacht.

»Gemütlich ist es in deiner Bärenhöhle, Max.«

»Danke Anna, ich werde für uns Feuer im Kamin machen, das gehört zur Höhle.«

Er legte vorsichtig vier trockene Fichtenzapfen in den Kamin, postierte darauf zwei lange Buchenscheite, füllte den Zwischenraum mit zerknülltem Zeitungspapier und weiteren Zapfen und krönte sein Werk mit zwei weiteren quer liegenden Buchenscheiten.

Anna beobachtete Max versonnen. ›... Verspielt wie ein kleiner Bub. Es bereitet ihm offensichtlich Spaß, einen Turm zu bauen.‹

Sie setzte sich zu Max auf den Lärchenboden.

Mit einem langen Streichholz entzündete Max das Papier, wartete, bis die züngelnden Flammen Zapfen und Holz erfassten, und zog die Glastür des Kamins nach unten. Nur ein kleiner Spalt blieb geöffnet. Es begann zu knistern.

Anna saß mit angezogenen Beinen, die sie mit ihren Armen umschlang, vor dem Kamin und beobachtete die lodernden Flammen, die immer heftiger das Holz umfingen und schließlich Besitz von ihm nahmen. Sie war in die Betrachtung des Feuers versunken. Sie fühlte sich glücklich und müde zugleich am Ende eines ereignisreichen Tages.

»Ich komme gleich«, flüsterte Max.

Er kam mit einer großen weißen Daunendecke wieder, die er vor dem Kamin auf dem Lärchenboden ausbreitete.

Anna sammelte spontan die auf dem Sofa liegenden Polster und legte sie dazu.

»Ein perfektes Nachtlager!«

»Ein fast perfektes«, verbesserte Max und holte noch eine leichte, indische Baumwolldecke, bunt bestickt mit Paradiesvögeln, Glückselefanten, bunten Blumen und Schmetterlingen aus dem Schlafzimmer. Behutsam breitete Max das indische Tuch vor ihnen auf.

Sie schlüpften aus ihren Kleidern und versanken in der Daunendecke, wohlig gewärmt vom Feuer und dem indischen Tuch, das Max langsam über ihre Körper zog.

Anna drehte sich zu Max und kuschelte sich dicht an ihn. Haut an Haut.

Er umarmte sie liebevoll und genoss es, dieses zarte Wesen vor dem knisternden Feuer im Arm zu halten.

»Es tut gut, wenn du mich hältst.« Anna fühlte sich geborgen.

Das warme flackernde Licht des Kaminfeuers ließ die Glückselefanten, Paradiesvögel, Blumen und Schmetterlinge auf der indischen Bettdecke tanzen.

Ein eng umschlungenes Menschenpaar war selig und tief eingeschlafen. Anna und Max begannen zu träumen.

Ein Bär wanderte gemächlich am Rande einer weiten blühenden Frühlingswiese – immer sorgsam darauf bedacht, die zarte Flaumfeder, die auf seinem Rücken gelandet war, nicht zu verlieren.

»Geht's dir gut?«, fragte er.

»Mir ist es schon lange nicht mehr so gut gegangen«, antwortete die Flaumfeder vergnügt. »Ich musste sonst immer auf den Wind warten um weiterzukommen. Jetzt fühle ich mich wie eine Prinzessin, die auf einer weich gefederten Kutsche durch die Welt fährt.«

Der Bär schmunzelte. »Dann bin ich der Prinz, der sich in eine Kutsche verwandelt hat, um seiner Prinzessin ganz nahe zu sein.« Beide lachten und genossen den Gedanken, Prinz und Prinzessin zu sein.

»Kannst du bitte anhalten?«, rief die Flaumfeder-Prinzessin plötzlich zu ihrem Kutscher.

»Ich habe in der Wiese etwas entdeckt, das mich an meine Kindheit erinnert.«

Ein prächtig gemusterter Schmetterling schwebte von Blüte zu Blüte und war sichtlich beglückt von seinem paradiesischen Leben. Er saugte köstlichen Blütennektar aus den bunten Blüten, die ihm dafür dankten und ihre Köpfe selig im Wind wiegten. Er ließ sich vom kleinsten Hauch des Windes höher und höher tragen und konnte über die wogende Blumenwiese hinweg bis zum silberglänzenden See blicken. Er konnte mit seinen großen Schmetterlingsaugen alles sehen, was die weite Welt an Wundern anzubieten hatte.

»Das bin ich!«, jauchzte die Flaumfeder. »Aus eigener Kraft davonfliegen, die weite Welt entdecken, ein köstliches Leben leben! Frei sein!«

Die Flaumfeder war schon seit einiger Zeit auf der Suche nach ihrem wahren ICH, sie ahnte, dass sie ihr Leben nicht als Flaumfeder begonnen hatte.

Jetzt wusste sie: »Ich muss als Schmetterling geboren worden sein! Ich möchte wieder ein Schmetterling sein!«

Der Bär, der Gedanken lesen konnte, schmunzelte über die Gedanken seiner Flaumfeder und brummte leise:

»Sei vorsichtig, Flaumfeder. Schmetterlinge werden nicht als Schmetterlinge geboren, es dauert lange, bis sie so prächtig und flugtüchtig werden. Und wenn es endlich so weit ist, müssen sie auf der Hut sein, dass sie nicht im Netz des selbstsüchtigen Riesen gefangen werden …«

Die Flaumfeder konnte die letzten Worte des Bären nicht mehr hören. Sie hatte sich in ihrer Begeisterung von einem sanften Windstoß forttragen lassen und schaukelte auf den nektarsaugenden Schmetterling inmitten der Blumenwiese zu. Jetzt war sie ein Schmetterling in einem flaumigen weißen Federkleid und segelte selig über die Blüten!

Ein riesiger Schatten legte sich plötzlich über die Blumenköpfe rund um den prächtigen Schmetterling und die luftig heranschaukelnde Flaumfeder.

»Achtung!«, rief der Bär laut, als ein engmaschiges Schmetterlingsnetz wie aus heiterem Himmel herabsauste und Schmetterling, Blütenköpfe und die Flaumfeder aus ihrer Seligkeit aufschreckte und einfing.

»Oh Schreck!«, seufzte die Flaumfeder. »Jetzt ist es aus mit meiner Schmetterlingsfreiheit. Wie kurz war meine Freude am Schmetterlingsleben.«

»Dafür ist meine Freude umso größer«, lachte der selbstsüchtige Riese, in dessen Garten es schon lange keine Blumen mehr gab. Und wo es keine Blumen gab, konnten auch keine Schmetterlinge leben, und der selbstsüchtige Riese zertrampelte Tag für Tag mit seinen Riesenfüßen die blühenden Wiesen, um immer wieder Schmetterlinge zu fangen, deren Zahl von Tag zu Tag geringer wurde.

War nun auch das Schicksal der Flaumfeder besiegelt? Musste sie mit ihrer Schmetterlingsschwester nun auch im trostlosen verdorrten Garten des selbstsüchtigen Riesen umkommen? Oder gab es noch Hoffnung auf eine Rettung?

Die Rettung raste in Gestalt eines mächtigen braunen Bären herbei! Eines laut brüllenden und die Zähne fletschenden Bären, der so furchterregend und wild entschlossen zur Rettung der Gefangenen aussah, dass selbst ein Riese mit Riesenschritten sein Heil in der Flucht suchte und sein Netz samt Schmetterling, Blütenköpfen und Flaumfeder hinter sich zurückließ.

Der prächtige Schmetterling flatterte zuerst aus dem offen daliegenden Netz und umkreiste den Bären zum Dank für die Rettung mit den herrlichsten Flügelschlägen, die ein bunt gemusterter Schmetterling darbieten kann. Dann schwebte die gerettete Flaumfeder von einem zarten Windhauch gehoben auf den Rücken des Bären und hauchte einen Flaumfederkuss ins weiche Bärenfell, was dem Bären sehr wohltat.

»Danke für unsere Rettung, das war knapp. Aber schade«, seufzte die Flaumfeder, »ich wäre gerne ein Schmetterling gewesen ...«

Doch wenn sie es recht betrachtete, war ihr die Sicherheit in einem weichen warmen Bärenfell lieber – viel lieber – als die Gefangenschaft im traurigen großen Garten des selbstsüchtigen Riesen.

Die Flaumfeder schmiegte sich fest in das Fell des Bären. »Bei dir bin ich sicher! Das tut gut! Und mein wahres ICH werde ich auf unserem Weg auch noch finden.«

Dann setzten sie ihre Wanderung mit Ruhe und Gelassenheit fort.

DIE NEUE WELT

Die tanzenden Paradiesvögel, Schmetterlinge und Blumen der letzten Nacht hatten sich auf der indischen Bettdecke zur Ruhe begeben. Die ersten Sonnenstrahlen des Morgens wanderten über den fein gemaserten Lärchenboden im Wohnsalon. Die Vögel zwitscherten aus Leibeskräften und verkündeten, dass der Tag längst begonnen hatte.

Unter der bunt bestickten Decke vor dem Kamin zeichnete sich Maximilians kräftiger Körper ab. Sein von schwarzen Locken dicht bedeckter Kopf ruhte auf den zusammengeschobenen kleinen Polstern und sein gleichmäßiges leises Atmen war das Zeichen für seinen noch tiefen Schlaf in dieser friedlichen Morgenstunde.

Anna blickte wach in die neue Welt.

Vorsichtig richtete sie sich ein wenig auf, zog die indische Decke zurecht und legte ihre linke Hand gefühlvoll auf Maximilians Schulter. So als wollte sie sich vergewissern, dass der Mann an ihrer Seite keine Einbildung war, keine Traumfigur der Nacht, die der erste Sonnenstrahl auslöschen würde.

Anna kostete das Gefühl inniger Liebe und Geborgenheit aus.

›Es ist schön, an seiner Seite zu erwachen, ihn zu betrachten‹, dachte Anna.

›Welch unbekanntes Wesen verbirgt sich hinter diesem geliebten Mann, der nackt und voll Vertrauen an meiner Seite schlummert?‹, fragte sie sich.

Anna wollte seine Welt entdecken.

Ihr Blick wanderte durch den sonnendurchfluteten Wohnsalon und fiel auf die Bücherregale, die in ihrer Formation als kleine Bibliothek ein Bild von Maximilians Welt vermittelten, beherrscht von einem alten englischen Ledersessel und flankiert von einem gläsernen Schreibtisch, auf dem ein Laptop auf seinen Einsatz für den Schriftsteller wartete. Weiter schweifte Annas Blick über das lederne Sofa, den niedrigen Glastisch, auf dem die abgebrannten Kerzen der letzten Nacht standen, über das auf einem Spiegeltisch platzierte Schachspiel, über die grünen Palmen im Wohnsalon hinaus in die Landschaft. Bäume und Sträucher, noch unbelaubt, und ein altes, hoch gewachsenes Fichtenpaar mit weit ausladenden Ästen und großen Zapfen konnte sie sehen.

Max atmete tief durch.

Anna betrachtete ihn beglückt.

›Ich küsse ihn jetzt wach!‹ Sie beugte sich zu ihm, legte sanft ihren rechten Arm auf seinen noch immer zugedeckten Körper und küsste ihn zart auf seine hohe Stirn, dann auf die Nasenspitze und auf den Mund.

In diesem Moment blinzelte Max aus seinen verschlafenen Augen und erwiderte zärtlich Annas Küsse, umarmte sie und brummte wie ein Bär.

Anna schwebte frisch wie der junge Morgen aus der Dusche, ihre blaugrauen Augen lachten unternehmungslustig und die Wassertropfen perlten vergnügt über ihren nackten Körper. Max stand wie der Kammerdiener der Königin mit einem übergroßen, flauschigen Badetuch bereit, betrachtete verliebt die paradiesische Eva und genoss den langen Augenblick, bevor er sie in das weiche, weiße Tuch einhüllte und kräftig, aber zärtlich abtrocknete.

»So geht das nicht!«, lachte der Kammerdiener, als die noch halb nasse Königin des Morgens ihre Arme um seinen Hals legte und ihn fröhlich küsste. »Wie soll ich da meinen morgendlichen Liebesdienst vollenden?«

»Lass dir etwas einfallen, Max. Du bist doch kreativ.«

Max ließ das große Badetuch abrupt zu Boden fallen, fasste Anna an beiden Schultern und küsste die übrig gebliebenen Wassertropfen einfach weg! Zart und gefühlvoll wie ein Schmetterling, der Nektar von seiner Lieblingsblüte saugt.

»Ein Schmetterlingsleben ist freudvoll!«, jubelte Max, der eben einen verwegenen Wassertropfen aus Annas Nabel wegküsste.

Anna zitterte leicht. »Ich seh keinen Schmetterling. Ich fühl mich eher wie im Eisbärenland!«

»Verzeih mir, Anna, ein dickfelliger Bär muss erst verstehen lernen, wie eine zarte Flaumfeder fühlt.« Max machte seinen Fehler wieder gut, hüllte die Zitternde in seinen dicken Frotteebademantel und drückte sie fest an sich. »Frühstück ist fertig. Sonne und See erwarten uns. Deine neue Welt will dich kennenlernen!«

Anna erschien tatsächlich wie eine Prinzessin zum gemeinsamen Frühstück in der Morgensonne. Sie hatte sich perfekt auf das Märchenspiel mit ihrem Dichter eingestellt. Warum auch nicht? Das Leben in der alten Welt war öde genug. Lieblos, freudlos, fantasielos. Jetzt durfte sie verspielt sein, frei von schweren Gedanken, jetzt durfte sie die Hauptrolle in einem Liebesmärchen spielen! Eine zauberhafte Prinzessin, die voll Entdeckungsfreude ihre neue Welt erkundete, begleitet und beschützt von einem verzauberten Prinzen, den eine böse Hexe in einen Bären verwandelt hatte.

Prinzessin Anna trug ein eng anliegendes Beinkleid aus weichem, braunem Rauleder und schritt so schwungvoll durch den Salon, als wolle sie sofort aufs Pferd springen und in die neue Welt hinausreiten. Zum Schutz vor der kühlen Seeluft draußen hatte sie eine hellbraune, doppelt gestrickte Weste aus wärmespendender Merinowolle gewählt, die mit einem seitlich angebrachten Kettenverschluss geöffnet werden konnte und mit einem aufgesetzten Stehkragen den edlen Hals der Schönen schützte. Ein purpurroter, golddurchwirkter Pelzsaum auf dem Kragen unterstrich die Würde der Prinzessin. Ein huldvolles Lächeln erhellte ihr hübsches Antlitz, als sie auf Max zuging. Ihre dunkelbraunen Haare hatten einen kurzen Jeanne-d'Arc-Schnitt und zeugten von ihrer weiblichen Kampfbereitschaft in einer Männerwelt, die ihr schon übel mitgespielt hatte.

»Bleib stehen!«, rief Max entflammt. »Ich muss dich malen!« Im nächsten Augenblick brachte er seine Digitalkamera in Position und porträtierte Anna naturgetreu wie ein Hoffotograf.

»Erkennst du dich, Anna?« Max präsentierte sein Meisterwerk stolz auf dem großen Display seiner Kamera. »Prinzessin Anna, die Erste und Einzige! Ihr zauberhafter Blick sagt: *Ich weiß zwar nicht, was mich erwartet, aber ich kann es kaum noch erwarten!*«

»Ich weiß nicht, was mich erwartet«, wiederholte Anna nachdenklich, als sie mit Max den Waldesrand entlang zum See spazierte, »aber ich kann es kaum noch erwarten!«

Alles in ihr drängte danach, in diese neue Welt mit Max hineinzufinden, nur nach vorne zu schauen, ein neues Leben zu beginnen. Sie schätzte es, dass Max keine bohrenden Fragen zu ihrem bisherigen Leben stellte, dass er es ihr überließ, ob sie über ihre gescheiterte Ehe und ihren Entschluss zur Trennung von Oskar reden wollte oder nicht, dass er ihr Zeit ließ, mit sich selbst ins Reine zu kommen und ihren Zukunftsweg zu bestimmen.

Es tat ihrer Seele wohl, an diesem Wochenende mit Max sich ganz dem Augenblick hinzugeben, dem spielerischen Liebesgeplänkel, dem leichten Sein, dem Lachen und Lieben.

Liebe ist Lachen, hatte Max bei ihren Gesprächen über die Liebe erklärt und Lachen ist Ausdruck der Liebe.

»Wie recht er doch hat!«, dachte Anna.

In ihrem Eheleben mit Oskar war das Lachen ebenso verloren gegangen wie die Liebe. Lachen und Liebe waren im täglichen Geschlechterkampf um Beherrschung, Besitz und Kontrolle vollständig aufgerieben worden.

Sie hätte es nicht ertragen, auch noch die letzte unversehrte Kammer ihrer Seele zu opfern, in der sie ihre Freude am Lachen und der Liebe aufbewahrt hatte.

»Anna, komm! Umarme diese alte Buche! Sie schenkt dir Kraft und Lebensenergie!« Max lehnte am grauen Stamm einer mächtigen Buche inmitten eines hellgrünen Teppichs von Bärlauch, der das Erwachen des Frühlings ankündigte.

»Energie kann ich gut gebrauchen«, bedankte sich Anna und stieg vorsichtig über den Bärlauchteppich und das Unterholz einige Meter den Waldhang hinauf zu Max. Er hatte eine besondere Buche mit einer dick vernarbten Wunde ausgesucht, die sich wie ein sprechender Mund zu Anna und Max hin öffnete.

»Was will uns dieser Mund erzählen?«

»Die Wahrheit«, antwortete Anna spontan. »Die Wahrheit über das Leben.«

»Und was ist die Wahrheit?«

»Liebe. Liebe ist Wahrheit und Wahrheit ist Liebe.«

Max war beeindruckt. »Das kommt in unser Buch über die Liebe.«

»Max, wir schreiben doch ein Liebesmärchen!«

»Ist das vielleicht kein Buch, Anna?«

»Nein, es ist ein Märchen.«

»... das in einem Buch aufgeschrieben wird ...«

»Dann ist es ein Märchenbuch, aber kein Buch über die Liebe.«

»Das ist weibliche Logik! Das macht die Zusammenarbeit mit dir prickelnd: Du bist einfach kompliziert. Ich liebe dich!«

»Ist das wahr?«

»Die volle Wahrheit!«

Anna schmunzelte erleichtert. »Wahrheit ist Liebe. Er liebt mich!«

Beide lachten herzlich, umarmten die wahrsagende Buche und tankten neue Energie.

Der See glitzerte in einem dunklen Silbergrau, als Anna und Max im tief liegenden Sonnenlicht den Holzsteg entlangschritten, der weit hinaus in den See führte. Große, dunkle Wolken schoben sich von Südwesten heran.

»Ich habe seit meiner Kindheit großen Respekt vor dem Wasser«, gestand Anna, als sie mit Max am Ende des Steges saß und über die riesige Wasserfläche des Attersees blickte.

»Dieser See wird dich versöhnen, Anna. Er ist ein Geschenk der Natur, das die Menschen beglückt. Eine Wasseroase der Ruhe und Besinnung, eine ständige Inspiration und ein Bühne für das immer wechselnde Spiel der Farben, Wellen und Winde. Berühmte Maler, Dichter, Komponisten, Sänger, Schauspieler und Menschen mit wachen Sinnen hat der Attersee immer herangezogen wie ein Magnet.«

Max war ins Schwärmen geraten bei seiner Vorstellung des großen Sees, der zu dieser Stunde weder Boote noch Menschen auf seinen Wellen trug und die weite Landschaft beherrschte. Maximilian hatte seinen Arm beschützend um Annas Schulter gelegt, und beide blickten aufmerksam auf das Naturschauspiel, das ihnen die Wolken, der Wind und die Wellen des Attersees vorführten.

Die bedrohlich tief liegenden Wolken, die bei ihrer Ankunft am Steg die Sonnenstrahlen beinahe zur Gänze verdeckt hatten, waren vom Westwind fortgeblasen worden, und Anna und Max konnten den luftigen Aufenthalt am Wasser im milden Sonnenlicht genießen.

»Ein gutes Omen, dass nun die Sonne zu deiner Begrüßung am See scheint.«

»Ich weiß das zu schätzen«, antwortete Anna nachdenklich. »Finstere Wolken über mir hab ich lang genug erlebt.«

Max streckte seine Arme weit zum Himmel, der sich nun in einem kräftigen Hellblau über ihnen wölbte. Dann atmete er lange aus, als wolle er die letzten Schleier der Vergangenheit wegblasen und wandte sich voll Zuversicht Anna zu.

»Anna, du gehörst in die Sonne. Lass die Wolken der Vergangenheit wegziehen. Was war, war. Jetzt beginnt eine neue Zeit für dich. In einer neuen, wunderbaren Welt.«

Maximilians Begeisterung riss Anna mit.

»Dein Optimismus ist ansteckend, Max. Ich freue mich auf die Entdeckung der neuen Welt! Ich beginne gerade den großen See zu lieben.«

Anna saß entspannt am Steg, ließ die Beine über dem Wasser baumeln und ihr Gesicht von den Sonnenstrahlen erwärmen.

Ihre Gestalten warfen lang gezogene Schatten auf die geschotterte Straße. Von Westen her erleuchtete die Nachmittagssonne den See, die umliegenden Berge, die braunen Wiesen und die noch brach liegenden Felder.

Unter Annas und Maximilians festen Schuhen knirschten bei jedem Schritt die Steine, der feine, noch feuchte Sand blieb in den groben Profilen der Sohlen kleben.

Anna hatte während des Gehens ihren Blick meditativ auf die Straße, auf den Straßenrand oder auf den angrenzenden Waldboden geheftet. Hin und wieder wich sie einige Schritte ins Gelände aus. Sie begutachtete knorrige Wurzelgeflechte, fotografierte zarte, grüne Moospolster, die ihr in der Nahaufnahme wie eine Zauberlandschaft erschienen und Ameisen als riesige Ungetüme zeigte, oder sie rieb junge Bärlauchblätter zwischen ihren Fingern, um den wilden Knoblauchduft zu riechen. Am liebsten mochte sie in dieser Jahreszeit die Farne, die sich mit ihren eng eingerollten Blattwedeln noch am Boden unter trockenem Buchenlaub duckten. Es faszinierte sie, wie schnell sich die Wedel später aufrollten und sich der Farn als hoch gewachsenes Kunstwerk der Natur präsentierte.

Maximilian forschte ebenso akribisch und leidenschaftlich in der Natur wie Anna. Er war geübt im Erkennen von Baumgesichtern, Wurzelwesen, Felsnasen und Waldgestalten. Steine, kleine Felsen und Moospolster veranlassten ihn spontan, die gesamte Entstehungsgeschichte der Alpen mit großer Freude zu erklären.

Annas und Maximilians Augen leuchteten wie bei Kindern, die große Entdeckungen bei kleinen Dingen machten. Sie erfreuten sich gemeinsam daran und waren dann wieder still in ihre Beobachtungen vertieft. Die Ruhe des großen Sees hatte sie erfasst und begleitete sie auf ihrem Weg.

Sie verließen den Wald und folgten schweigend einem leicht ansteigenden Feldweg. Max atmete ruhig und sprach kein Wort. Er schien das gemeinsame Schweigen zu genießen.

›Ein Mann, bei dem ich meine innere Ruhe finde‹, dachte Anna.

Auf einer kleinen Anhöhe lud eine Bank am Wegrand zum Verweilen ein. Max wusste, dass dies ein sehr schöner Aussichtspunkt war. Von hier konnte man den Attersee fast vollständig überblicken, im Osten ragte das mächtige Höllengebirge auf, im Süden zeichneten sich deutlich die Konturen des Schafbergs ab. Die Sonne erhellte die Landschaft nur mehr schwach, die kleinen Wölkchen am Himmel leuchteten in einem rosigen Abendrot.

Anna setzte sich. Max zog eine leichte Maiskolbenpfeife aus seiner Jackentasche, stopfte sie mit wohlriechendem Tabak und setzte sich zu Anna. »Darf ich?«, fragte er höflich, bevor er seine Genusspfeife anzündete.

»Gerne. Es passt zu unserer Stimmung.«

Der See lag dunkel eingebettet zwischen den Bergen und Wäldern. Max nannte die Namen der Bergzüge und Gipfel rund um den See. Nachdenklich blickte Anna in die Ferne.

»Maximilian«, sie zögerte kurz, »wenn ich hier sitze und diesen Überblick habe, wünsche ich mir genau diesen Überblick auch für mein Leben. Da geht's im Moment drunter und drüber.«

Sie atmete tief durch und erwartete insgeheim eine Antwort. Eine Antwort, die ihr Optimismus vermitteln und eine neue Perspektive aufzeigen würde. Max ließ Anna zwei, drei Atemzüge lang warten.

»Du hast den Überblick über dein Leben, selbst wenn es durcheinandergeraten ist.« Max blickt bei diesen Worten bestimmt und sicher in Annas fragende Augen.

»Du musst nur deinen Standort verändern, dich rausnehmen aus dem Alltag und dein Leben mit Abstand betrachten. Wie aus der Vogelperspektive. Dann erkennst du neue Wege, neue Perspektiven, triffst Entscheidungen. Und wenn du dich selbst bewegst, körperlich und geistig, kommt auch dein Leben in Bewegung, wächst wieder Ordnung aus dem Chaos.«

Max nimmt Annas linke Hand in seine beiden Hände und beginnt ihre Finger zu massieren, sodass das Blut wärmend bis in ihre Fingerspitzen strömt.

»Was spürst du jetzt, Anna?«

»Ich spüre einen deutlichen Unterschied zwischen meiner linken und rechten Hand. Links fühle ich mich wohlig warm, rechts kalt und steif.«

»Links ist Bewegung in deine kalte Hand gekommen und hat dich rasch erwärmt. Rechts ist alles unbewegt, steif und kalt geblieben«, antwortet Max. »Bewegung bringt alles in Fluss. *Alles fließt, alles verändert sich. Panta rhei.*

Das ist ein Leitsatz in meinem Leben. Vom griechischen Philosophen Heraklit, der den Fluss des Seins beschrieben hat. Veränderung ist ein Urelement unseres Lebens.

Warum sollten wir Menschen uns und unser Leben nicht immer wieder verändern?«, fragte Max.

»Menschen haben Angst vor Veränderung.«

»Hast du Angst vor Veränderung des ›Drunter und Drüber‹ in deinem Leben?«

»Ich habe keine Angst. Ich will mein Leben verändern! Aber ich bin unsicher, wie es weitergeht.«

»Es wird wärmer und wonniger werden, so wie du es in deiner linken Hand gefühlt hast.«

»Woher nimmst du diese Sicherheit, Max?«

»Aus meiner Lebenserfahrung und meiner Lebenseinstellung. Für mich war und ist Veränderung immer etwas Positives, auch wenn ich dabei vieles hinter mir zurückgelassen habe.

Du musst loslassen können, dann gewinnst du deine innere Freiheit.«

»Ich hatte meine innere Freiheit fast schon verloren. Ich war nicht mehr ich. Ich habe mich als Vogel im goldenen Käfig gefühlt, ohne Perspektive, erschöpft im Chaos einer zerrütteten Ehe«, beginnt Anna die Geschichte ihres Lebens zu erzählen.

Sie erzählt von ihren Jugendträumen, der Sehnsucht nach der Ferne, dem Entdecken des Lebens in anderen Welten, ihrer Neugierde und ihrem Eifer, zu lernen, zu studieren, Menschen kennenzulernen, selbstständig und frei zu sein.

Sie spricht mit spürbarem Abstand über den Tausch des Mädchentraums London gegen den Traum, einen Mann fürs Leben gefunden zu haben, ihre Naivität, mit der sie geheuchelte Sehnsucht, erklärte Eifersucht und ungeschminkte Kontrolle ihres Lebens für Zeichen der Liebe gehalten hatte.

Ihre Stimme wird wieder wärmer und gefühlvoller, als sie von der Geburt ihrer Zwillinge Helena und Alexander erzählt, von den aufregenden Jahren als junge Mutter und Jungunternehmerin, von den Jahren des Aufbaus beruflicher Kontakte und familiärer Freundschaften.

Und dann folgte die Zeit der langsam dämmernden Erkenntnis der subtilen Beeinflussung und Kontrolle ihres Lebens durch Oskar, der seine bezaubernde Ehefrau bei gesellschaftlichen Anlässen oder im Freundeskreis stolz präsentierte wie ein Ausstellungsstück aus der eigenen Galerie und ansonsten auf Schritt und Tritt mit Anrufen und SMS überwachte und peinigte.

»Oskar wurde immer unbeherrschter, aufbrausender, verletzender. Ich war körperlich und seelisch ausgelaugt, krank, verzweifelt, mit meinen Kräften fast am Ende«, erinnert sich Anna an dunkle Zeiten. »Ich habe zwar an Veränderung – Trennung – zu denken begonnen, konnte aber die Energie zu diesem drastischen Schritt damals nicht aufbringen.«

Anna unterbricht den Rückblick auf ihr Leben und lehnt ihren Kopf an Maximilians Schulter, so als wolle sie rückwirkend seine Ruhe und Kraft in sich aufnehmen, um eine weitreichende Lebensentscheidung zu treffen.

»Du hast schwere Zeiten erlebt, Anna. Aber du hast offensichtlich einen Schlussstrich unter dieses Kapitel gezogen. Sonst würden wir beide nicht hier unter dem alten Apfelbaum in der Abendsonne sitzen. Wie Adam und Eva, die wieder zurückgekommen sind ins verlorene Paradies, ihren Sündenfall aufarbeiten und hoffnungsvoll in die Zukunft blicken«, beschreibt Max scherzend die aktuelle Lage in Annas Leben. »Auch ich habe meinen Schlussstrich gezogen, Eva, und bin bereit für das wahre Paradies.«

Anna lächelt über Adams Offenbarung.

Im Formulieren und Erzählen ihres Lebensrückblicks hatten sich ihre Gedanken geklärt, ihr Kopf war wieder frei geworden. Sie fühlt sich erleichtert, weil Max nun ihre Lebensgeschichte kennt und den Rucksack ihrer Erinnerungen gemeinsam mit ihr trägt.

»Ich habe zu Jahresbeginn meine Entscheidung zur Trennung von Oskar getroffen und ihm kurz danach auch mitgeteilt.«

»Und Oskar hat dies voll mitfühlendem Verständnis akzeptiert?«, lästert Max.

»Natürlich nicht, obwohl er mir vorher mehrmals erklärt hat, dass er meine Entscheidung akzeptieren wird, wie immer sie auch ausfällt. Er will mich festhalten. Nicht freigeben. Wir sind im Kriegszustand.«

Zischend zog das Zündholz seine Spur über die Reibfläche, bis der rote Kopf zündete und eine helle Flamme aufloderte. Max führte die Flamme behutsam zu den Teelichtern, die er auf dem breiten Rand der ovalen Badewanne postiert hatte. Eines nach dem anderen begann das große Badezimmer mit einem warmen Licht zu erfüllen.

Weiße Schaumberge bedeckten das duftende Lavendelbad, in das die Liebenden nun eintauchten. Zwei glückliche Gesichter lachten einander von den beiden Enden der Wanne an und suchten nach sichtbaren Beweisen der Körper, die sich unter der weißen Schaumdecke aneinanderschmiegten. Da blinkte Maximilians linkes Knie rund und neugierig aus dem Schaumberg, dort fischte Annas rechte Hand nach Schaumkronen und hob sie zu ihrem Mund, bevor Anna sie mit gespitzten Lippen auf Maximilians Nase blies.

Nach einem langen Tag der Entdeckungen tat es beiden wohl, die Wärme des Wassers auf ihrer Haut zu spüren, den Staub dunkler Erinnerungen von ihren Seelen zu spülen und miteinander im Jetzt zu versinken. In der Innigkeit der Nähe zueinander, dem Gefühl der Geborgenheit und der Liebe, die sie nicht mehr suchten, sondern gefunden hatten.

Das Urvertrauen zueinander, das sie vom ersten Augenblick ihrer zufälligen Begegnung an empfunden hatten, war keine Täuschung, es lebte und es bestärkte ihre spontane Liebe.

Unbeschwert und unbekümmert genossen sie die Stille in ihrem Tempel der Liebe, genossen das Schweigen und wortlose Einander-Verstehen, die Berührung ihrer Fingerspitzen, mit denen sie einander sanft streichelten.

Anna tauchte wie Aphrodite, die schaumgeborene Göttin der Liebe aus dem herrlichen Schaumbad auf, der weiße Schaum des duftenden Lavendelbades glitt über ihren schlanken Körper zurück ins Meer, in dem Max beim Anblick der Liebesgöttin prustend untertauchte.

Dann schnellte auch er aus den Fluten. Er wollte die wohlige Wärme des Bades mitnehmen unter die weiße Daunendecke, die nebenan im Schlafzimmer auf die Liebenden wartete.

Während Maximilian das große Badetuch um Annas Schultern legte, umarmte sie ihn. Sie küsste ihn zärtlich auf den Mund, fühlte seine warme Wange an ihrer Wange und liebkoste seinen noch feuchten Hals. Mit seinen kräftigen Händen massierte Max langsam in kreisenden Bewegungen Annas Schultern, ihren Rücken, ihre Hüften und ihre Pobacken unter dem flauschigen Badetuch. Maximilians sinnliche Berührungen weckten in Anna Sehnsucht und Begierde, sich ihm hinzugeben, ihn in sich aufzunehmen. Sie fühlte ihr Blut heiß durch ihren Körper pulsieren.

Anna schob ihren rechten Schenkel langsam zwischen Maximilians muskulöse Oberschenkel, als wollte sie ihm von ihrer Sehnsucht und Leidenschaft erzählen. Er fühlte ihr Verlangen und zog sie an sich. Seine Lippen kosten ihre Stirn. Seine Hände wanderten gefühlvoll über ihre Brüste und ihren leicht gewölbten Bauch.

Die große, weiße Daunendecke nahm die beiden Liebenden auf.

Sie feierten das Fest ihrer Liebe.

CORRIDA DE TOROS

Kurz nach sechs Uhr morgens schreckte ein mahnender Klingelton Anna aus dem Schlaf. »Anna, wo bist du? Du wirst im ganzen Land gesucht! Gratuliere!«, dröhnte die vertraute Stimme von Vitus an Annas verschlafenes Ohr. »Dein Mann macht Telefonterror bei allen Freunden und Bekannten, weil er dich seit drei Tagen nicht erreichen kann und nicht weiß, wo du bist. Offenbar hat er deine neue Handynummer nicht, gratuliere! Du bist schlauer geworden. Es war höchste Zeit«, freute sich Annas alter Freund und Ratgeber.

»Danke für die morgendlichen Rosen, Vitus. Du weißt, es war wirklich höchste Zeit. Ich war bereits total erschöpft und ausgelaugt. Jetzt lebe ich wieder.«

»Das klingt gut. Ich freu mich. Genieße deine neue Freiheit, Anna und ruf mich bei Gelegenheit an. Alles Gute!«

Vitus kannte Anna so gut wie kaum ein anderer aus ihrem Freundeskreis. Er hatte Annas Familie seit vielen Jahren als Arzt, Seelentherapeut und persönlicher Freund begleitet und betreut. Er kannte alle Wehwehchen der Familienmitglieder, hatte mit wachsender Sorge verfolgt, wie die Ehe von Anna und Oskar in Brüche gegangen war und Anna dabei an Lebenskraft und Lebensfreude stark abgebaut hatte. Seine Versuche, Oskar positiv zu beeinflussen und seine immer unerträglicher werdende Eifersucht und Kontrollmanie zu stoppen, waren ohne Erfolg geblieben. Ihm war seit Langem klar, dass sich Anna aus ihrem selbst auferlegten Ehejoch befreien musste, um nicht völlig unterzugehen. Jetzt hatte sie damit begonnen.

Anna war Vitus dankbar für seine morgendliche Zustimmung zu ihrer Loslösung von alten Fesseln und Bevormundungen. Es tat gut zu wissen, dass ein langjähriger Freund der Familie und Kenner der Familiengeschichte ihren Aufbruch in ein neues Leben unterstützte. Sie wusste, dass ein dorniger Weg vor ihr lag.

»Du wirst von Interpol gesucht, Anna?«, meldete sich Max mit etwas heiserer Stimme aus der Liebesnacht zum Alltag zurück. »Ist aus meiner Bärenhöhle eine Räuberhöhle geworden? Bin ich einer lang gesuchten Agentin verfallen? 006 im Auftrag Ihrer Majestät, der Liebe?!«

»Es gibt Handlungsbedarf, 007. Oskar tobt offensichtlich, scheucht alle Freunde auf, um die aus dem goldenen Käfig Entflohene aufzuspüren. Mit allen Mitteln. Und so rasch als möglich. Sei vorsichtig, 007. Oskars Sternbild ist der Stier.«

»Dann bin ich ab sofort sein rotes Tuch. Olé! Die Corrida de Toros hat begonnen. Der Stier stampft im Sand. Dein Matador ist bereit zum Kampf!«

Max küsste Anna leidenschaftlich wie ein Matador, der in die Arena einzieht und von seiner Liebsten Abschied nimmt.

»Guten Morgen, Geliebte! Mach dir keine Sorgen. Du musst den Stier nicht bei den Hörnern packen. Lass ihn noch eine Weile herumtoben, schnauben, buckeln und ins Leere ausschlagen. Die Liebe kämpft und siegt mit Sanftmut und Geduld.«

Nun küsste Anna Max sanft auf den Mund. »Ich beginne bereits die Sanftheit zu üben. Ich wünsche mir auch, dass alles friedlich ausgeht, aber ich kann es mir nicht vorstellen, dass Oskar mich ohne Kampf und Krampf ziehen lässt.

Kannst du dich überhaupt in meine Situation hineinfühlen, Max? Das ist ja alles kein Spiel, kein Märchen, es ist ein Albtraum. Oskar ignoriert meine Entscheidung, er verdrängt sie. Er sieht sich als unverstandenes Opfer und attackiert mich heftigst, wenn wir zusammen sind – auch vor den Zwillingen. Ungeniert. Unbeherrscht. Da soll ich sanft und geduldig bleiben? Das versteh ich nicht, Max!«

»Es ist auch schwer zu verstehen, aber du kannst daran glauben. Man sagt, dass der Glaube Berge versetzt. Warum sollte er nicht auch einen tobenden Stier zähmen können?«

Anna hatte sich jetzt im Bett aufgesetzt und den großen Polster als Rückenstütze hinter sich hochgezogen. Ihre Körpersprache signalisierte: ›Ja. Ich will raus aus dieser Ehe-Arena!‹

»Komm mit mir, Anna. Wir stärken uns bei einem köstlichen Frühstück. Unser Körper braucht neue Energie. Liebe um Mitternacht macht hungrig am Morgen.«

Max lachte Anna an. »Ein Bär hat eben immer wieder Hunger. Überhaupt, wenn er sich in einem Liebesmärchen in einen kampfbereiten Matador verwandeln soll, um die Prinzessin vor dem tobenden Stier zu retten.«

»Du betrachtest das Leben als Märchen, Max«, antwortete Anna kopfschüttelnd. »In meinem Kopf ist jetzt kein Platz für eine Prinzessin. Er ist voll mit Szenen, die mich zu Hause erwarten. Und die sind alles andere als märchenhaft.«

Max nahm Annas Gesicht in beide Hände und begann mit Daumen und Zeigefinger ihr rechtes Ohrläppchen zu massieren. »Aufgewacht, Anna! Wie sollen wir jemals unser Liebesmärchen schreiben, wenn du dich schon vom ersten Anruf wieder in die ernüchternde Wirklichkeit deines Ehelebens entführen lässt?

Natürlich ist das Leben kein Spiel. Aber wir leben viel leichter, wenn wir es spielerisch betrachten und leben. Erinnere dich an deine Kinder. Denke an die Bären-, Löwen-, Katzen- und Hundekinder. Sie alle erlernen ihr Leben spielerisch, herumtollend, angetrieben von Neugier, Entdeckerfreude, Lebenshunger, heranwachsend und stärker werdend aus ihrer ständigen Erfahrung von Versuch und Irrtum, vom Ausprobieren und immer wieder Üben.«

»Was soll ich üben, Max?«, fragte Anna etwas unwillig und stieg aus dem Bett.

»Zuversicht, Anna. Und Vertrauen in dich selbst.«

Anna hatte in diesem Moment nur das Bild des tobenden Stiers vor Augen. Sie war besorgt, dass Oskar die Kinder in ihren Ehestreit mit hineinziehen würde. Sie wollte so rasch als möglich nach Hause und für Ordnung sorgen. Ihr Mutterinstinkt war in Alarmbereitschaft.

»Ich muss nach Hause, Max. Ich will die Kinder vor Oskars ungezügelten Emotionen schützen.«

»Das ist dir ins Gesicht geschrieben. Jetzt bist du eine Löwin, die ihre Jungen verteidigt. Gut so. Dagegen kann kein Stier bestehen. Brüll einfach: ›STOP!‹, Löwin. Oskar muss deutlich erkennen, dass du es ernst meinst und du dich nicht mehr von ihm manipulieren lässt wie schon so oft zuvor.

Dann sei geduldig und sanft, bis ihr eine friedliche Lösung gefunden habt.

Und denke daran, dass die Flaumfeder in unserem Märchen von ihrem Bären immer und überall beschützt wird. Bis zum noch ungeschriebenen Happy End.«

Anna lächelte etwas entspannter, schüttelte wieder den Kopf und sah Max tief in die Augen. »Du kannst einfach nicht anders. Für dich ist das Leben ein Spiel, ein märchenhaftes Spiel.«

»Ist das ein Vorwurf, Anna?«

»Aber nein! Es tut mir gut, mitzuspielen. Ich bin die Flaumfeder, die den steinernen Bären wach geküsst hat, ein Schmetterling sein wollte und sich jetzt zur Löwin verwandelt hat. Ein starkes Gefühl. Ich glaube, ich habe mein wahres ICH gefunden.

Lass uns kräftig frühstücken, Max. Die Löwin ist hungrig.«

Annas erste SMS an Max:

Montag, 8. März, 23.55 Uhr
Nun ja, offensichtlich ist der Bär in einen tiefen Schlaf gefallen, wohlgemeint & wichtig. Hat meinen Anruf nicht mehr erhört.
Dank eines liebevollen Wochenendes am See mit Frühlingserwachen, wohltuender Sonne, herrlicher Nacht vor dem Kamin, liebevollster Zuwendung, offenherziger Aufmerksamkeit und außergewöhnlichen Liebesfreuden konnte ich die abendlichen Turbulenzen zu Hause gut überstehen. Die Löwin hat ihre Jungen beschützt, geherzt, zu Bett gebracht und dann den rastlos herumlaufenden Stier gestellt. Ohne zu brüllen. Mit Ruhe und Bestimmtheit. Mit der unmissverständlichen Botschaft: »Es ist vorbei!«
Jetzt ist Oskar in unserer Garçonnière über der Galerie und denkt nach … Ich kann es kaum glauben, dass wir ohne Krach auseinandergegangen sind.
Ich danke dir und freue mich auf den Morgengruß eines ausgeschlafenen Bären!
Ich bin jetzt sehr, sehr müde. Ich schlafe schon fast! Good Night.

Max schickt seinen Morgengruß per SMS an Anna:

Dienstag, 9. März, 07.35 Uhr
```
Guten Morgen! Der Bär ist von der Morgensonne
wach geküsst worden, gut ausgeschlafen und in eine
Löwin verliebt, die sich als Flaumfeder getarnt
in seine Höhle geschlichen hat.
Ich küsse dich!
Max
```

Max fragt nach.

9. März, 07.55 Uhr
```
Schläfst du noch? Lebst du noch, Löwin? Bitte
brüll einmal. Ich will ein Lebenszeichen. Brumm.
```

Anna und Max hatten ein Leben in zwei Welten begonnen: die Welt der Wochenendliebe in leidenschaftlicher Zweisamkeit, jede Minute des Zusammenseins auskostend, einander entdeckend und erforschend, verliebt, verspielt, zeitlos, grenzenlos.

Und dann die Welt des Alltags, der getrennten Wege und Aufgaben, der mühsamen Versuche Annas, die alte Welt geordnet zu verlassen und den Ballast abzuwerfen, den sie angehäuft hatte.

Auch in dieser Welt lebten Anna und Max intensiv miteinander. Ihre Telefonrechnungen stiegen in Sternenhöhen, ihre Gedanken und Gefühle gingen per SMS und MMS auf die Reise. Sie schwirrten wie Schwalben am Himmel hin und her:

Bilder und Botschaften, Erinnerungen und Hoffnungen, Erlebnisse und Gedanken, verpackt in flugfähige Kurznachrichten, Zugvögel durch die Netze der Telekommunikation, gerade noch erdacht und eingetippt und im nächsten Moment bei ihrem Ziel eingetroffen, punktgenau, just in time, inspirierend, Liebende verbindend und aus der Erdenschwere des Alltags erhebend zum Himmel ihrer Liebe.

Max las Annas SMS immer wieder mit Vergnügen. Sie stand lebendig vor ihm, wenn er ihre Worte in sich aufnahm. Er umarmte sie, wenn sie ins Schwärmen kam oder frisch drauflosplauderte und ihre Tageserlebnisse mit ihm teilte. Er bebte innerlich mit ihr, wenn sie ihre Auseinandersetzungen mit Oskar ausfocht. Er fütterte sie mit Bildbotschaften und Szenen aus seinem Bärenleben und genoss ihre Träume und ihr Liebesgeflüster.

9. März, 8.08 Uhr

Good Morning - Ich lebe & liebe - habe nie dieses Glücklichsein, diese Liebe - wie mit dir - erlebt!
Ich küsse dich zum Guten Morgen!
PS: Eine Löwin muss morgens zuerst ihre Jungen füttern.

9. März, 8.09 Uhr

Federleicht wach geküsst beginne ich nun den Tag! Welch ein Glück für einen einsamen Bären.

9. März, 8.10 Uhr

Ich träume von dir.
Ich schmiege mich unter der federleichten, bis über die Köpfe gezogenen Decke ganz, ganz dicht an dich und spüre deine Haut, deine Berührung, den sanften Druck deiner Hände, höre deinen Atem, deine leise Morgenstimme.

9. März, 8.11 Uhr
Die Kinder sind offenbar schon in der Schule, wenn du wieder träumen kannst. Das ist das Luxusleben einer Prinzessin!

9. März, 8.12 Uhr
Nein! Entschieden, nein! Notwendige Erholungszeit nach einem aufregenden Abenteuer in der Bärenhöhle und der versuchten Zähmung eines wütenden Stiers.

9. März, 8.13 Uhr
Recht hast du. Der Mensch braucht gesunden Schlaf und angenehme Träume zur Regeneration.

9. März, 8.14 Uhr
… Und zur Gesundung von Flaumfedern braucht es einen zärtlichen, einfühlsamen, übermütigen, humorvollen, geistreichen, manchmal nachdenkenden & Pfeife rauchenden, starken, auch ernsthaften und vielleicht grantigen (!), Wasser planschenden & verspielten und vor allem liebenden Bären! Federlichst.

9. März, 8.16 Uhr
Brumm.

Das Zählwerk der SMS-Konten von Anna und Max begann nun hurtig zu laufen.

Freitag, 19. März, 16.00 Uhr, MMS
Anna erobert Max mit einem entzückenden Selbstporträt.

19. März, 16.05 Uhr, MMS

Max prostet nach einem Schitag sonnengebräunt Anna mit einem großen Glas Edelweiß-Bier zu. Im Hintergrund glänzen die schneebedeckten Gipfel des Großen Priel und der Spitzmauer.

Ein Prost meiner zauberhaften Flaumfeder! Es scheint dir gut zu gehen, du siehst sexy und bärenstark aus!

19. März, 16.07 Uhr

Stimmen die Proportionen?
Sind die wunderbaren weißen Bergspitzen tatsächlich so klein wie du sie scheinen lässt? Kann es sein, dass eine überaus reizende Flaumfeder nicht nur sexy für den Brummbären erscheint, sondern sogar »wirklich« bärenstark sein kann? Es scheint nicht nur so, dass es mir gut geht - ich fühle mich so stark & gut. Ich freue mich, wenn du an mich denkst. Ich bin voll des Glücks - in Gedanken an dich, höre deine geschriebenen Worte & und dennoch würde ich ein Glas Rotwein dem Edelweiß vorziehen! Schicke dir einen innigen Kuss!

19. März, 16.10 Uhr

Kuss angekommen. Die Bergspitzen im Hintergrund sind natürlich noch größer als der durstige Mann im Vordergrund. Es wird Zeit, dass du die herrliche Winterlandschaft mit mir gemeinsam erlebst. Dann stimmen alle Proportionen. Willst du mit mir am Wochenende Ski fahren?

19. März, 16.11 Uhr
Wochenende im Schnee gebucht. Ich komme.

Anna weckt Max nach einem freudvollen Skiwochenende mit einer Morgennachricht.

Montag, 22. März, 07.48 Uhr
Liebster! Die nachtaktive Flaumfeder hat nach einem heftigen Gewittersturm erst in den frühen Morgenstunden ins Bett gefunden, und jetzt, wo die Sonne den Tag erhellt, findet sie wieder ihre ungebrochene Lebensfreude und segelt wieder lustig durch die Lüfte!
Kuss. Anna.

»Du weißt, dass dich Oskar seit den frühen Morgenstunden sucht und mit dir reden will?«

Maria, Annas Freundin, machte einen besorgten Gesichtsausdruck.

»Nicht schon wieder!«, entfuhr es Anna.

»Wir hatten erst gestern Nacht ein Gespräch, das wieder einmal katastrophal verlaufen ist.«

Anna drückte den Knopf der Espressomaschine, schäumte Milch auf und bereitete zwei Cappuccinos zu. Maria füllte zwei Gläser mit frischem Wasser. Sie setzten sich an den kleinen Frühstückstisch in der Küche, der von der morgendlichen Frühlingssonne erhellt wurde.

»Du kannst dir das nicht vorstellen. Es ist unmöglich, ein ruhiges, sachliches Gespräch mit Oskar zu führen. Einerseits versichert er mir seit Wochen, dass er mein dringendes Bedürfnis nach Freiheit, nach Freiräumen, nach Ich-Sein verstehe, dass er jede Entscheidung von mir akzeptieren wird, andererseits erklärt und schreibt er mir, dass er mit der von mir gewünschten Trennung nicht einverstanden sein kann.

Meine Trennungsvorstellungen seien nicht realisierbar, ich würde alles zerstören, was wir in zwanzig Jahren aufgebaut haben, und er werde krank dabei.

Er bombardiert mich unentwegt mit langen E-Mails und ersucht mich ständig ›zum letzten Mal‹ um ein Gespräch, um eine Annäherung in kleinen Schritten zu ermöglichen. Er setzt auf Zeit und ignoriert meinen Entschluss, mich von ihm zu trennen.«

Maria seufzte: »Ich habe ihm schon so oft gesagt, er soll dich in Ruhe lassen!«

»Gut gemeint, leider ohne Wirkung«, meinte Anna trocken und stellte eine kleine Schale mit ihren Lieblingskeksen auf den Tisch.

»Wir haben alles versucht, Gespräche zu zweit, Gespräche mit einer Psychotherapeutin, Seminare und Paartherapie. Oskar wollte das nie. Er ist immer nach kurzer Zeit ausgeschert, fortgeblieben, hat jede Hilfe von Außen abgeblockt.« Anna dachte an all die erfolglosen und kostspieligen Versuche der letzten zwei, drei Jahre, ihre kranke Ehe zu ordnen und wieder zum Leben zu erwecken.

»Es war einfach zu spät. Keine Chance auf Veränderung. Vielleicht habe ich auch von Anfang an das gemeinsame Leben mit Oskar auf falsche Voraussetzungen und auf Erwartungen aufgebaut, die sich nie erfüllt haben.«

Anna blickte nachdenklich, schüttelte den Kopf und presste die Lippen zusammen. Sie berichtete Maria mit fester Stimme von ihrer Entdeckung der Londoner Liebesbriefe, von ihrer Erkenntnis, dass Oskar schon damals, vor zwanzig Jahren, seinen Charakter offenbart und sie in ihrer Naivität alles für Zeichen der Liebe gehalten hatte.

Maria nickte verständnisvoll. Sie hatte in ihrer Studentenzeit ein Auslandssemester in Spanien absolviert, sie konnte sich sehr gut Annas Situation in London vorstellen.

Sie machte eine ausladende Armbewegung.

»Und dann habt ihr jahrelang die perfekte Familie gespielt. Das Vorzeigepaar, erfolgreich im Beruf, strahlend bei euren Auftritten im Freundeskreis, Oskar als Brad-Pitt-Double und du als zauberhafte Schöne an seiner Seite. Später geschmückt mit entzückenden Zwillingen, die im großen Garten eurer Villa herumtollten und scheinbar unbeschwert heranwuchsen. Familie, Haus und Garten wie aus einem Lifestyle-Magazin! Wir Freunde haben als eure Nachbarn den Film ›Happy Family‹ lange bewundernd mitverfolgt. Unser Leben ist keinesfalls perfekt. Bei uns hat es immer wieder heftig ›gekriselt‹, aber das konntet ihr alle auch bemerken.«

Anna schwieg. Sie wusste, dass ihre Freundin recht hatte.

Maria war noch nicht am Ende ihrer freundschaftlichen Diagnose: »Ich habe mich manchmal gefragt, wie du das alles schaffst und dabei noch ständig lächelst und zu allen freundlich bist. Du hast die glänzende Fassade zu lange aufrechterhalten. Ich habe erst seit deiner schweren Krankheit im Vorjahr verstanden, wie unglücklich du warst und wie lieblos Oskar mit dir umgegangen ist.«

»Damals hatte mein Leben einen absoluten Tiefpunkt erreicht. Mir war klar, dass ich an einer Wende in meinem Leben angekommen war. So wie bisher konnte es nicht weitergehen. Damals hat der Countdown zu unserer Trennung begonnen. Ich musste und wollte ein neues Leben beginnen!«

Maria sah Anna fragend an. Die offengelegte Entschlossenheit ihrer Freundin beeindruckte sie.

»Und wann beginnt dein neues Leben?«

Anna lächelte geheimnisvoll. »Es hat bereits begonnen.«

Maria verschluckte sich beinahe an dem Keksstück, an dem sie gerade knabberte.

»Habe ich etwas übersehen, Anna?«

»Hast du nicht bemerkt, dass mein Lächeln nun von innen kommt, Maria?« Anna lehnte sich mit strahlenden Augen und weit geöffneten Armen entspannt zurück und betrachtete ihre verblüffte Freundin.

»Du siehst tatsächlich anders aus. Wie neugeboren! Bist du verliebt?«

»Ich liebe mein Leben wieder! Ich bin wieder ICH. Alles ist in Fluss. Alles ändert sich.«

»Nur Oskar ändert sich nicht«, hielt Maria realistisch dagegen.

»Das ist der Grund für unsere Trennung.«

»Die er nicht akzeptiert.«

»So ist es.«

»Und dann? Wie willst du ihn ändern?«

»Gar nicht. Es ist unmöglich, einen anderen zu ändern. Die Änderung kann nur aus dir selbst entstehen.«

»Warst du in einem Philosophieseminar, Anna?«

»Nein. Im Salzkammergut. Tapetenwechsel.«

»Das genügt?«

»Es ist sehr hilfreich. Kann ich dir empfehlen. Die Natur ist eine Energiequelle.«

»Du musst kräftig Energie getankt haben. Ich freu mich für dich! Dein Optimismus wirkt fast ansteckend.«

Die Freundinnen saßen einander im hellen Licht der Morgensonne gegenüber, nippten am schon erkalteten Cappuccino und begannen auf einmal herzlich und befreit zu lachen.

»Ich freu mich wirklich mit dir! Das ist die schönste Botschaft dieses Morgens: Anna lebt wieder. Anna liebt ihr Leben. – Wie heißt ER?«

»Maria!«, mahnte Anna, »es muss nicht immer ein Mann sein, der dein Leben verändert.«

»Aber ER ist ein Mann?«, ließ Maria nicht locker. Ihr weiblicher Instinkt war hellwach. Sie wollte Annas Geheimnis entdecken.

»Willst du noch einen heißen Cappuccino?«, blockte Anna ab. »Wir sind beide zu schön, um weiter kalten Kaffee zu trinken.«

»Na gut. Es ist, wie es ist.« Maria gab sich geschlagen im weiblichen Kampf um Enthüllung süßer Geheimnisse. »Einen heißen Cappuccino, bitte, mit viel Milchschaum darauf und frische Kekse wären auch fein. Ich habe heute Vormittag viel Zeit für einen langen Plausch«, ergänzte sie mit einem frechen Blick.

Annas Gutenachtgeflüster mit Max

Montag, 22. März, 22.19 Uhr, SMS

Allerliebster Liebesbär.
Wunderschön war das Schneeabenteuer und das Mitternachts-Picknick in der Bärenhöhle.
Jede Minute in Bärenbegleitung ist ein flammendes Freudenfest! Die gelebte Liebe der Seenächte – zart und leidenschaftlich – habe ich tief in mein Herz gelegt, um bärenlose Zeiten zu überstehen.
I LOVE YOU!
Anna.

Anna setzt fort.

22.45 Uhr

Wie schön, dass es dich gibt!

22.59 Uhr
Wie schööööön, dass es dich gibt!!!

23.15 Uhr
Gibt es dich noch, Max?

Max erwacht.

23.23 Uhr
Brumm.

23.24 Uhr
Hurra, du brummst! Du lebst!

23.25 Uhr
Du liebst! Brumm.

23.26 Uhr
So spricht der Bär, wenn er im Einschlafen ist.

23.27 Uhr
So brummt der Bär, wenn er aus der Sauna kommt und schlafen will.

23.28 Uhr
Erzählst du mir noch eine Gutenachtgeschichte? Bitte! Für unser Märchenbuch!

23.29 Uhr
Nachtarbeit für Bären ist behördlich verboten!

23.30 Uhr
Märchenerzählen ist doch für dich keine Arbeit, das ist dein Leben.

23.40 Uhr
… du bist die nimmermüde Flaumfeder aus unserem Märchenbuch: »Sie wirbelte unentwegt durch die Lüfte …« Aber ein Bär braucht Ruhe, besonders nach der Sauna. Brumm.

23.41 Uhr
… na dann schlaf gut, Liebster und träume süß!

23. März, 00.17 Uhr
… brumm … Ich glaub, ich bin vorhin eingeschlafen.

Dienstag, 23. März, 08.03 Uhr
Guten Morgen! Ich genieße es, mit dir diesen Sonnentag zu beginnen! Ich küsse dich - wie eben eine fröhliche & leidenschaftliche Flaumfeder einen munteren & fröhlichen Waldbären küsst!

23. März, 08.05 Uhr
Guten Morgen! Ich genieße es, mit dir diesen Sonnentag zu beginnen! Ich küsse dich - wie eben ein fröhlicher & bestens ausgeschlafener Waldbär eine leidenschaftliche Flaumfeder küsst! Was erwartet uns am heutigen Tag?

23. März, 08.07 Uhr

Ich erwarte Oskar um 9 Uhr zu
Friedensverhandlungen … mit Sanftheit & Geduld!
Springe vorher noch unter die Dusche …
Kuss, Anna

Oskar war zur Besprechung mit Anna etwas früher als erwartet im noch ehelichen Haus eingetroffen, hatte Annas neues iPhone auf dem Küchentisch entdeckt und sofort perlustriert, während Anna noch im Badezimmer war. Eine höchst willkommene Überraschung zum Empfang des künftigen Exgatten, dem die jederzeitige Kontrolle seiner Noch-Ehefrau seit der Zertrümmerung ihres alten iPhones ebenso abhanden gekommen war, wie das eheliche Schlafzimmer und der gemeinsame Aufenthalt im ehelichen Haus.

Jetzt hatte er das lang benötigte Feindbild vor Augen. Den Beweis, dass es einen anderen gab, der als Verursacher der ehelichen Zerrüttung zitiert werden konnte und Oskar vom Täter zum Opfer wandeln ließ. Der Ehebruch einer zerbrochenen Ehe war erwiesen!

Auf in den Kampf! Der zuletzt scheinbar sanft gewordene Stier durfte wieder wüten und schnauben, die Zeit des Taktierens, sich Verstellens, des Zurücklockens der Getrennten mit leeren Versprechungen war endlich vorbei!

Oskar tobte wie in seinen besten Zeiten. Übergoss Anna nach ihrer Rückkehr aus der heißen Morgendusche mit der kalten Dusche seiner Aufdeckung des »Sex-Skandals vom Salzkammergut«, warf ihr seine Empörung an den Kopf, schüchterte sie ein und genoss das entwürdigende Schauspiel seiner Unbeherrschtheit.

Dann schickte er vor Annas Augen von ihrem neuen iPhone aus eine SMS an Max, deren Inhalt er Anna Wort für Wort vorlas, bevor er auf Senden drückte.

Liebesbär, Schneebär, Waldbär, Märchenerzähler,
Ich fordere Sie auf, alle Liebes-SMS und alle Kontakte mit meiner Frau - wie nächtliche Picknicks, Schneeabenteuer, Freudenfeste u.a.m. sofort einzustellen. Die Chancen auf Wiederbelebung meiner Ehe lasse ich mir nicht nehmen. Respektieren Sie meine Privatsphäre. Ersparen Sie sich und uns öffentlichkeitswirksame Schritte. Ich werde mit aller Kraft verhindern, dass meine Familie durch verführerische Menschen zerstört wird.
MnfG Oskar Stock.

Anna war aufgewühlt und zornig auf sich selbst und ihre Gutgläubigkeit über die Wahrung persönlicher Sphären. Sie hätte wissen müssen, dass Oskar ihre Privatsphäre nicht respektierte, jede sich bietende Gelegenheit wahrnahm, um Kontrolle über sie ausüben zu können und auch nicht davor haltmachte, ihre E-Mail-Box oder ihren SMS-Ordner zu öffnen.

Bevor sie noch ihre Verachtung Oskar an den Kopf schleudern konnte, meldete ihr iPhone den Eingang einer neuen SMS, die Oskar sofort überflog:

23. März, 09.07 Uhr, Max an Oskar:
Herr Oskar Stock.
Ich retourniere Ihre sms als gegenstandslos und fordere Sie auf, Äußerungen dieser Art zu unterlassen.

Ich respektiere Ihre Privatsphäre, bin dazu neutral und wünsche Ihnen Besonnenheit und Sensibilität bei der Lösung Ihrer Eheprobleme.
Maximilian Bär.
PS: Respektieren Sie die Privatsphäre Ihrer Ehefrau und verwenden Sie nicht ihr iPhone als Informations- und Nachrichtenmedium.

Anna strahlte eine gefährliche Ruhe aus, die den Stier irritierte. Sie nahm wortlos ihr iPhone aus Oskars Hand, ging einige Schritte zur Küchentür und wies Oskar zum Ausgang. »Ich habe mit dir nichts weiter zu reden. Geh jetzt. Es ist endgültig vorbei.«

Schnaubend stampfte der Stier im Sand der Arena und fixierte den Mann, der in der Ferne aufrecht und ruhig in der Mitte der Kampfstätte stand. Der Stier senkte seine Hörner, schnaubte wild und begann loszurennen.

Annas SMS an Max:

Dienstag, 23. März, 09.30 Uhr
Friedensverhandlungen geplatzt. Oskar fort. Fahre jetzt in die Kunsthalle Krems zu einer Besprechung. Ruf dich bald an. Kuss. Anna

Offensichtlich hatte Oskar nach der SMS-Affäre das Feld geräumt und Anna konnte unversehrt ihren Kunstgeschäften nachkommen. Doch diese Erkenntnis befriedigte Max nicht. Er spürte förmlich das Schnauben des wütenden Stiers nach der Entdeckung der »Liebes-SMS« und wusste, dass Oskar jetzt alle Hebel in Bewegung setzen würde, um das Rad der Zeit noch einmal zurückzudrehen. Ein Feindbild motiviert und schafft ein neues Angriffsziel zum Abbau aufgestauter Aggressionen.

Die Corrida de Toros – der Kampf Mann gegen Stier – war eröffnet.

Max, Annas Matador, drehte sich langsam um und sah den Stier heranstürmen. Es war Zeit, zu handeln.

Das viel besungene blaue Band der Donau erschien an diesem Märztag tatsächlich in einem strahlenden Dunkelblau, als Max bei Melk am linken Donauufer in die Wachau einfuhr. Das Weltkulturerbe zeigte sich von seiner besten Seite. Sonnendurchflutet, von einem fast wolkenlosen hellblauen Himmel überdeckt lud die Donaulandschaft zu ihrer Entdeckung und zum Verweilen an den schönsten Plätzen ein. Sorgsam gepflegte Steinterrassen prägten die steilen Uferhänge und Berglagen, auf denen seit Römerzeiten die Kultur des Weinbaus zur Blüte gereift war. Sagenhafte Burgen, wehrhafte Dörfer und dicht bepflanzte Obstkulturen säumten die Flussufer zu beiden Seiten.

Max hatte nach der morgendlichen SMS-Affäre spontan den Entschluss gefasst, Anna entgegenzufahren und nach ihrem Kremser Künstlertreffen zur Weinverkostung und Lagebesprechung einzuladen. Wo konnte es einen besseren Treffpunkt für Bär und Flaumfeder geben als hier bei den Urgesteinslagen der Wachau, auf denen die Trauben der Steinfeder-, Federspiel- und Smaragdweine reiften?

Er freute sich auf das Wiedersehen und steuerte die Domäne Wachau an. Die einladende Vinothek der Domäne in Dürnstein sollte ihr Treffpunkt sein.

»Anna, wie geht es dir?« Anna freute sich, die Stimme ihrer Mutter zu hören.

»Danke, mir geht es gut! Ich bin schon auf dem Weg nach Krems, um Christina in der Kunsthalle zu treffen!« Christina war Annas Freundin, eine erfolgreiche Künstlerin in Annas Galerie.

»Schön, Anna!"

»Ich habe heute Morgen Oskar aus dem Haus gewiesen. Stell dir vor: Er kam zum vereinbarten Gespräch eine halbe Stunde früher, hat sich – ich war noch im Badezimmer – mein neues iPhone einfach vom Tisch genommen und meine E-Mails und SMS gelesen. Er kennt keine Grenzen!«

Annas Mutter war entsetzt.

»So kam es natürlich auch nicht dazu, die Trennung zu besprechen. Ich denke, ich werde Vitus anrufen und seinen Rat einholen. So kann es nicht weitergehen«, fuhr Anna fort.

»Und Oskar? Er ist einfach gegangen? Das kann ich mir nicht vorstellen!«

»Doch, Mutti. Das Geheimnis lag in meiner Ruhe. Ich habe mich diesmal nicht provozieren lassen, ich bin völlig ruhig und bestimmt geblieben. Ich habe ihm erklärt, dass ich unter diesen Umständen nichts mehr mit ihm zu reden habe und sehr bestimmt zur Haustüre gezeigt. Er war offensichtlich so überrascht, dass er gegangen ist. Allerdings nicht ohne zu schnauben, zu schimpfen und zu stampfen wie ein Stier.«

»Bewundernswert, Anna! Ich hätte an deiner Stelle nicht so ruhig bleiben können.«

»Ich habe dazugelernt und höre auf gute Ratschläge. Ich hab auch keine Angst mehr vor schwierigen Situationen oder Auseinandersetzungen.«

Annas Mutter schmunzelte. Sie ahnte, dass Anna die beiden letzten Wochenenden nicht alleine verbracht hatte, und war erleichtert, dass ihre Tochter wieder zuversichtlich und selbstbewusst klang.

Sie behielt ihre Ahnung für sich, erzählte, dass sie sich schon sehr darauf freue, wenn die Zwillinge nach der Schule zu ihr kommen würden, und sie gerade das Lieblingsessen der Kinder vorbereite – die Creme für ein Tiramisu, Alexanders Lieblingsnachtisch, und für Helena eine riesige Schüssel Apfelmus mit Zimt.

Anna ahmte die Stimme ihrer Kinder nach.

»Du kannst am besten kochen, Oma! Endlich gibt es wieder etwas Gescheites zum Essen!«

Ihre Mutter lachte. Endlich! Sie lachte wieder!

Annas Mutter liebte es, Oma zu sein. Sie wollte in dieser Zeit der familiären Veränderung und Neuorientierung Anna mit ihrer ganzen Kraft unterstützen. Ihre Eheprobleme musste Anna selbst lösen, für ihre Enkelkinder wollte die Oma jederzeit da sein: als ruhender Pol in der Familie, als lebenserfahrene Frau, als aufmerksame und liebende Oma, die zuhören wollte und konnte, Antworten wusste und die Wünsche der Kinder von ihren Augen ablas.

›Nicht jede junge Mutter hat eine aktive, lebensfrohe und liebende Oma als helfende Stütze‹, dachte Anna, die sich dieser glücklichen Situation bewusst war. Sie schätzte ihre Mutter und war stolz auf sie.

Die Beaufsichtigung der Zwillinge durch Oma ermöglichte es Anna, berufliche Termine und den Galeriedienst ungestört und konzentriert wahrzunehmen.

Auch Vitus, der Familienarzt, hatte Annas Mutter bereits ein Kompliment für die Kinderbetreuung ausgesprochen:

Für die Kinder ist bei einem derartigen Veränderungsprozess die Oma sehr wichtig. Die Kinder spüren, dass sie in der Familie eingebettet sind, dass in schwierigen Zeiten alle zusammenhelfen, und erleben eine Oma, die für sie da ist. Auch wenn es manchmal anstrengend und fordernd ist. Die Kinder vergessen das nie!

Annas Mutter freute sich über diese Anerkennung und holte sich auch immer wieder selbst Unterstützung und Aufmunterung durch Vitus' Rat. Er war seit Langem ein wertvoller Freund der Familie geworden.

Anna rief Vitus nach dem Telefonat mit ihrer Mutter an und erzählte ihm das morgendliche Erlebnis.

Vitus' Stimme klang nüchtern und klar.

»Euch beiden fehlt die Gesprächsbasis, um weiterzukommen. Diese wird es auch nicht mehr geben. Euer Konflikt ist eskaliert. Ich empfehle dir, mit Oskar eine Mediation zu besuchen. Dies ist aus meiner Sicht die einzige Möglichkeit, um die Trennung in Frieden durchführen zu können. Ich wünsche dir, dass du Oskar für diesen Weg gewinnen kannst.«

Vitus erklärte kurz den Ablauf einer Mediation und nannte zwei Mediationsteams, an die sich Anna kurzfristig wenden konnte.

Sie war erleichtert über die neue Perspektive. Oskar zu überzeugen, dass eine einvernehmliche Lösung mithilfe der Mediation allen Familienmitgliedern nützen würde, war nun Annas Ziel.

Annas Telefon klingelte.

»Wo bist du?«, fragte Christina aufgeregt.

»Ich bin in zehn Minuten in Krems. Bist du schon angekommen?«

»Nein! Ich musste noch die Katzen füttern, dann meiner Tochter ein unterschriebenes Heft in die Schule nachbringen, mein Sohn liegt in der Hängematte – er hat übrigens verschlafen – und lernt, leider bin ich dann am hohen Terracotta-Topf bei der Haustür angestoßen, er ist umgefallen und zerbrochen ...«

Christina holte Luft.

Anna lachte, ›Christina, wie sie leibt und lebt! Die chaotische Künstlerin. Vital, leidenschaftlich und kreativ, wenn sie die großen Leinwandformate im blauen, von Farbe bespritzten Maleranzug mit kräftigen Pinselstrichen und satten Farben bemalte und dabei die Zeit vergaß – atemlos und leicht verwirrt, wenn sie aus der Traumwelt ihres Ateliers hinaus in die Welt des Alltags gehen musste, um Triviales zu erledigen.‹

»Lass dir bitte Zeit, Christina, ich trinke einen Kaffee im Bistro der Kunsthalle und warte auf dich. Dann kann ich ein wenig verschnaufen und mich auf unser Gespräch einstimmen. Wir treffen uns übrigens in Krems!«

»Ja, das habe ich nicht vergessen. Ich bin jetzt auch gut unterwegs, aber ich verspäte mich.« Christina klang fröhlich. Beide freuten sich auf ein Wiedersehen und darauf, neue Projekte zu besprechen.

Kurz vor Krems wählte Anna Maximilians Telefonnummer:

»Hier ist die Mobilbox von Maximilian Bär. Leider bin ich im Moment nicht erreichbar. Ich freue mich über Ihre Nachricht und rufe Sie umgehend zurück.«

Anna war enttäuscht. Sie wollte Max alles persönlich erzählen, was sich an diesem Morgen ereignet hatte.

Sie parkte ihr Auto direkt vor der Kunsthalle in Krems und ging ins Bistro.

Dienstag, 23. März, 12.00 Uhr mittags. Maximilians Lockruf erreichte Anna beim Mittagessen mit Christina im Bistro der Kunsthalle Krems.

Ich sitze hier beim Weinverkosten
und blicke sehnsuchtsvoll nach Osten
Willst du mir in die Augen sehen,
musst du ein Stück nach Westen gehen.

Anna reimte vergnügt zurück.

12.02 Uhr
Welch eine Überraschung!
Bin mit Christina noch beim Speisen
Und kann noch nicht nach Westen reisen
Doch blick ich sehnsuchtsvoll nach dir
Und frage mich, wo ist das ›hier‹?

12.04 Uhr
›Hier‹ endet mancher Pilgerweg
in der ›Wachauer Vinothek‹
am Weinberg vor Schloss Dürrenstein,
wo einst in jahrelanger Pein
Richard, der König Löwenherz,

```
Auf Freiheit wartete voll Schmerz!
Muss hier auch ich alleine bleiben
Und ungeschrieb'ne Bücher schreiben?
Bring ruhig auch Christina mit,
dann kosten wir den Wein zu dritt!
```

Anna schnappte kurz nach Luft, während Christina den SMS-Dialog amüsiert betrachtete.

»Da scheint sich ja etwas Interessantes anzubahnen, Anna. Ich hab dich noch nie so schnell SMSen gesehen.«

Anna SMSte ungerührt weiter, ohne Christina anzusehen.

12.05 Uhr

```
Ich komm allein! Das ist beschlossen,
Christinas süße Sommersprossen
Könnten ansonst den Mann verwirren,
womöglich in die Irre führen …
```

12.06 Uhr

```
Sieh an, sieh an: SIE will nicht teilen,
allein zum Minnesänger eilen.
So schick Christina meinen Gruß
Und eil herbei mit flinkem Fuß
Erhöre meinen Minnesang
Und meiner Leier lockend Klang!
Max. Minnesänger.
Auf den Spuren des Sängers Blondel,
der hier einst singend Richard Löwenherz entdeckte.
PS: Verweilet nur bei schönen Künsten.
Ich werd bei meinen Reimen dünsten
Und warte hier voller Geduld,
bis SIE erscheint in ihrer Huld.
```

Anna gab sich geschlagen im spontanen Wettstreit mit dem sehnsuchtsvollen Minnesänger um die »Goldene Rebe der Wachau.«

»Entschuldige Christina, üblicherweise lass ich mein Handy während des Essens unbeachtet, aber heute …«

»… heute ist das offenbar anders«, bemerkte Christina mit einem breiten Grinsen im Gesicht.

»Drei SMS in sechs Minuten: Der Mann ist verliebt in dich.«

»Er schickt mir Reime und lässt Dich grüßen, Christina!«

»Das auch noch! Ein Nachfahre des Sängers Blondel in der Wachau. Wahrscheinlich sitzt er in Dürnstein und besingt die Weinberge.«

»Das tut er. Er ist Schriftsteller und lässt sich gerne von besonderen Plätzen inspirieren.«

»Und von besonderen Musen auch, Anna?«

Anna errötete leicht wie ein Mädchen, das das Geheimnis ihrer ersten Liebe hütet. Sie überhörte Christinas Fangfrage.

»Er hat Verständnis und Geduld. Wir sollen unser Gespräch in aller Ruhe zu Ende führen. Er ist ein Kunstfreund.«

»Ein Freund meiner Kunstmanagerin? Wahrscheinlich von Beruf Lebenskünstler«, orakelte Christina mit weiblicher Treffsicherheit.

»Du bist genial, Christina. Wie in deinen Bildern. Deine Fantasie ist beeindruckend. Ich möchte mit dir jetzt gerne die Ausstellung ansehen.«

Der Mann in den sandfarbenen Camel-Jeans und dem olivgrünen Pullover trug einen langen, seidig glänzenden Schal, der von beiden Schultern bis über den breiten Leinengürtel herabfiel. Er schritt aufmerksam das blaue Band der Donau, das sich über den hellen Steinboden der Halle zog, flussabwärts und betrachtete die hölzernen Weinregale, die links und rechts edle Weine der Wachauer Rieden präsentierten – vorgestellt in naturgetreuer Abfolge ihrer Lagen an den Ufern der Donau.

›Maximilian, der letzte Ritter!‹, musste Anna unwillkürlich denken, als sie von der obersten Stufe des Eingangs zur Vinothek den einzigen Gast zu dieser Stunde betrachtete. ›Er ist gekommen, um seine bedrohte Prinzessin zu beschützen! Ich liebe ihn.‹

Anna stieg die breite, von Weinkartons gesäumte Eingangstreppe hinab ins Innere der großzügigen Halle, die jetzt sonnendurchflutet war und die Weinschätze der Wachau zur Verkostung bereithielt.

Sie erschien wie eine zarte Lichtgestalt, die im nächsten Moment von den kräftigen Armen ihres Ritters behutsam in die Höhe gehoben und freudig herumgewirbelt wurde.

»Ich musste dich heute sehen, spüren und bei dir sein nach diesem Morgenkrach in eurem Haus!«

»Du hast mich zwar vollkommen überrascht, Max, aber das tut gut, ich danke dir. Ich muss erst lernen zu fühlen, wie das ist, beschützt zu werden.«

»Ganz einfach. Du fragst nicht lange, was das ist und wie sich das anfühlt. Du erlebst es. Du lebst.

Du triffst deinen Ritter heimlich an einem verschwiegenen Ort beim Kellerberg nahe der Ruine Dürnstein, ihr werdet von alten, riesigen Weinfässern bewacht, ein treuer Mundschenk eröffnet euch die Geheimnisse der edlen Tropfen, die hier gelagert werden, ihr erfreut euch an der goldgelben Farbe des Weins, führt eure Gläser zur Nase, schließt eure Augen, riecht den Duft von Blüten, rollt den gereiften Rebensaft auf eurem erwartungsvollen Gaumen und genießt ihn mit dem Gedanken *in vino veritas – Im Wein ist Wahrheit.*«

»In der Liebe ist Wahrheit!«, protestierte Anna.

»Wahrheit ist Liebe! Also ist im Wein Liebe, wenn das alte Sprichwort *Im Wein ist Wahrheit* stimmt«, bemerkte Max mit männlicher Logik.

»Die Liebe der Erde zu ihren Früchten, die Liebe der Sonne zu den Reben und die Liebe der Winzer zu ihren Weingärten, die sie hegen und pflegen. Koste den Wein, *lass es uns einfach herausfinden!* Das ist die Lebensweisheit einer erfahrenen Frau, Dichterin, Koautorin des berühmten ungeschriebenen Buches über die Liebe.«

»Du bist unmöglich, Max! Wie soll ich ein Buch über die Liebe schreiben, wenn ich nicht weiß, wo mir der Kopf steht?«

»Bist du die erfahrene Frau und Dichterin, von der ich spreche, Anna? Das war der erste Beweis für das Zutreffen des alten Sprichwortes *Im Wein ist Wahrheit*!

Anna, die Erste und Einzige, gibt bekannt, dass sie ein Buch über die Liebe schreiben möchte, aber derzeit angeblich nicht kann!«

»Was heißt da ›angeblich‹, Max? Das ist Unsinn. Ich kann es derzeit wirklich nicht.«

»Es ist Unsinn, sagt die Vernunft.

Es ist, was es ist, sagt die Liebe.

Es ist aussichtslos, sagt die Einsicht.

Es ist, was es ist, sagt die Liebe.

Es ist unmöglich, sagt die Erfahrung.

Es ist, was es ist, sagt die Liebe.

Prost, Anna!«

Max beendete sein Zitat aus Erich Frieds Gedicht über die Liebe.

»Ich freu mich, dass du da bist.

Ich möchte, dass du auch in schweren Zeiten dein Leben *federleicht* leben kannst.

Probier einmal den *Grünen Veltliner Steinfeder-Terrassen 2009* – ein Bestseller der Domäne Wachau. Frisch, duftig, elegant und trinkfreudig! Wie geschaffen für angehende Bestsellerautoren.«

Sie hatten inzwischen an dem langen Naturholztisch vor einer wandfüllenden Fotomontage der Terrassen des Kellerbergs Platz genommen: Weingutsleiter und Kellermeister thronten dort selbstsicher auf dem Grasteppich, der die alte Terrassenmauer aus Urgestein bedeckte. Sie hielten Weißweingläser in ihrer rechten Hand, die zu einem Drittel mit hellgelbem Wein der Wachauer Terrassen gefüllt waren. Gläserne Zeichen ihrer Verantwortung für die Kunst des Weinbaus. Hinter den Hütern der Weinberge reihten sich die mühsam errichteten Steinterrassen quer über den Abhang des Kellerberges, besetzt mit kräftigen, sonnenbeschienenen Rebstöcken und ansteigend bis zum blauen wolkenlosen Himmel.

»Prost, ihr Hüter der Weinberge!« Annas helle Stimme klang fröhlich und unbeschwert. Sie hatte den Grünen Veltliner verkostet und fand, dass er zu Recht die Bezeichnung *Steinfeder* trug. Sie fühlte sich jetzt *federleicht* wie das Bukett der zarten, weißflaumigen Halme des Steinfedergrases, das den Tisch vor ihnen schmückte.

»Ehre, wem Ehre gebührt. Die *Steinfeder* beflügelt. Jetzt möchte ich zum Vergleich eine Kostprobe vom *Federspiel*.«

Anna war in ihrem Element. Eingetaucht in die Welt der Wachau, des Weins, des Seins mit Max, des Entdeckens und Erprobens. Der Gewittersturm des Morgens, der Einbruch Oskars in ihre Privatsphäre und das Bild des brüllenden Stiers waren wie weggefegt vom erfrischenden Donauwind, der durch die Wachau wehte.

»Das ist eine gute Wahl«, kommentierte Max die Selektion der Geliebten und ließ sich ebenfalls eine Kostprobe des *Grünen Veltliner Federspiel-Terrassen* einschenken.

»Das passt zum Tag! ›Markantes Pfefferl und rassige Struktur, erfrischend und erfreulich‹ verheißt die Beschreibung.«

»Das kann ich brauchen.« Anna nimmt einen kräftigen Schluck. »Erfrischend und erfreulich. Du hast recht, Max.

Man muss es einfach erleben. Das Leben leben. Nicht in den Seilen hängen wie eine angeschlagene Boxerin, die eben geprügelt worden ist. Raus aus dem Ring. Und fort. Hinaus ins sonnige Leben. Dorthin, wo die Reben reifen.«

»Anna, schreibst du jetzt gerade Texte für unser Buch? Grandios. Ich hab's mitgeschrieben. Ein historischer Augenblick:

Die Schriftstellerin hatte ihre Arbeit begonnen. Sie spürte, dass im Wein Wahrheit wohnte. Sie hatte diese jahrelange Zurückhaltung satt. Dieses Verkümmern im Erdulden, dieses wortlose Zusehen bei Grenzüberschreitungen, die ein heftiges ›*Nein! So nicht!*‹ erfordert hätten. Dieses Nicht-Aufschreiben dessen, was ihr auf der Seele brannte.«

»Du weißt nicht, wie anstrengend du bist, Max!«, seufzte Anna und kostete genussvoll den erfrischenden Grünen Veltliner Federspiel.

»Mach weiter, Anna. Auch wenn es anstrengend ist. Du hast Talent und mir im Salon Hollmann gesagt, dass du gerne schreibst. Dann tu es auch! Wir wechseln uns ab in unseren Texten. Wir machen aus dem Schreiben ein Fest! Ein Fest in der Wachau. Beflügelt und inspiriert von Steinfeder, Federspiel und Smaragd. Wir schreiben endlich unser Buch über die Liebe, über die Freiheit und die Lebensfreude!«

»Ein Liebesmärchen!«, präzisierte Anna.

»Ja. Warum nicht. Nenn es Märchen, nenn es Roman, nenn es Erzählung. Namen sind Schall und Rauch. Wichtig ist, dass unsere Geschichte beseelt und inspiriert wie diese edlen Weine, die wir hier verkosten.«

»Du bist ein Schwärmer, Max.«

»Du bist mein Schwarm, Anna.«

»Dir fällt immer eine Antwort ein.«

»Prost! Bevor das *Federspiel* warm wird.«

»Was heißt eigentlich *Federspiel*, Max?«

»Es war das Spiel zum Zurückholen des Falken bei der mittelalterlichen Falkenjagd, die von edlen Rittern auch in der Wachau abgehalten wurde. Das Federspiel war das Herbeilocken des dressierten Jagdvogels mit dem federbedeckten Köder des Jägers. Kommt dir das bekannt vor, Anna?«

»Das Mittelalter ist vorbei. Ich trinke den *Grünen Veltliner Federspiel* als Symbol der Freiheit und der Liebe. Prost! Die Dressur ist zu Ende. Der Jäger hat ausgespielt. Ich lass mich nicht mehr ködern. Der Falke ist im freien Flug nach Westen.«

Max lachte, bewunderte Annas Bekenntnis zu Freiheit und Liebe und setzte die Weinverkostung vergnügt fort.

»Das war stark. Die Flaumfeder als frei fliegender Falke! Weißt du, dass der Falke auch das mittelalterliche Symbol der ›Minne‹ – der Liebe – und der erotischen Anziehung von Mann und Frau war?«

»Nein, interessant. Aber ich weiß, dass ich jetzt einen besonderen Tropfen des Weins kosten möchte, in dem nach deinen Worten die Liebe ist. Was empfiehlt mein Ritter?«

»Bescheidenheit, Prinzessin! Bescheidenheit. Jetzt empfehle ich einen guten Schluck vom frischen Quellwasser aus der Glaskaraffe vor uns und trockenes Brot. Die Smaragdweine verlangen einen frischen Gaumen und einen klaren Kopf.«

Anna schluckte kurz und fühlte, dass *Steinfeder* und *Federspiel* schon eine beschwingte Leichtigkeit in ihrem Kopf bewirkt hatten. Sie trank demonstrativ Wasser, stopfte ein Stück Schwarzbrot in ihren Mund und sagte trotzig: »Und was kommt jetzt?!«

»Jetzt verwandelt sich die *Steinfeder* in eine wunderschöne grüne Smaragdeidechse mit türkisblauem Kopf, schlängelt sich durch die Spalten des Urgesteins und sucht sich ein wärmendes Sonnenplätzchen neben den alten Rebstöcken. So lässt es sich leben!«

»Oder verdursten, wenn man zu lange bei alten Rebstöcken ohne jungen Wein verharrt.«

»Anna, du bist ungeduldig! Smaragdweine brauchen Zeit, zu reifen, und viel Sonne wie die Smaragdeidechsen, von denen sich ihre Auszeichnung ableitet. Dafür überzeugen sie mit kraftvoller Eleganz, Raffinesse und Vielschichtigkeit. Sei nicht ungeduldig. Du wirst gleich erleben, dass sich das Warten auf etwas Besonderes lohnt.«

»Ja, Max. Auch das Warten auf einen noch ungeschriebenen Bestseller, *hick*. Ich komme gerade so gut in Schwung, *hick*, um zu schreiben und zu trinken und zu schreiben und zu trinken ... *hick*.«

Max konnte das Lachen nicht länger verbeißen und schaute kurz auf die Weinflaschen auf dem Probiertisch. Tatsächlich! Sie waren während seiner Erzählungen – von ihm unbemerkt – fast vollständig leer getrunken worden.

»*Hick*«

»Es wird ein Bestseller, Anna. Die Menschen warten auf federleichte und zugleich beseelende Kost. Auf wahre Worte einer wahrhaftig zauberhaften Frau, die die Gewitterwolken des Ehelebens ebenso in nichts auflöst wie edle Weine aus den Wachauer Rieden. Prost, Geliebte.

Du bist reif für den Riesling Smaragd, den König der Wachauer Weine!

Übrigens habe ich noch eine Frage, Anna: Meinst du meinen Lieblingswinzer Hick in Oberarnsdorf gegenüber vom Tausendeimerberg, wenn du immer wieder *hick* sagst? Dorthin wollte ich schon lange mit dir.«

Anna schwieg mit leicht gesenktem Kopf und schmollendem Mund. »*Hick* ist *hick*, nicht Hick, Max, *hick*.«

Max bestellte zur Wiedergutmachung für die vollständige Leerung der Probierflaschen beim Mundschenk der Vinothek eine Flasche *Riesling Smaragd Singerriedel 2009* aus der legendären Riede in Spitz an der Donau, die zu den weltweit besten Weißweinlagen gezählt wird. Dazu Wildschweinschinken, Wildpastete und Wachauer Laberl.«

»Diesen *Smaragd* wollen wir zum Auftakt unserer heutigen Wein- und Schreibklausur zelebrieren! Es lebe die Liebe!«

Anna hickte entzückend und bestaunte die frisch geöffnete Flasche, aus der nun der königliche Riesling Smaragd in ihre frischen Gläser floss.

»Ich liebe das Leben und seine Veränderung. Heute Morgen hat die Welt noch ganz anders ausgesehen!«, stellte Anna fest und rollte den Riesling Smaragd lange und langsam über ihren Gaumen. »*In vino veritas!* Jetzt beginnen wir zu schreiben, Max!«

Der lange Spaziergang durch die Weinberge und die erfrischende Luft des Donautales hatten Anna und Max neu belebt. Die Genusswellen des Weinverkostens waren verebbt, die Köpfe klar, die Schritte trittsicher auf den steilen Steintreppen, die den Kellerberg als schmale Grate durchzogen.

Die Wachauer Gastautoren hatten ihre ersten Manuskriptseiten für das Buch der Liebe mit einem Riesling Smaragd getauft und waren glücklich.

Die Nachmittagssonne ließ Legionen von Rebstöcken lange Schatten nach Osten werfen. Auf einer sonnenbeschienenen Steinplatte sonnte sich eine zierliche Smaragdeidechse.

»Pst!« Anna war stehen geblieben, hielt Max am Arm fest und deutete mit dem Kopf zur Smaragdeidechse. »Die fühlt sich hier besonders wohl«, flüsterte Anna, um das schöne Tier nicht zu verschrecken.

»Ich kann es ihr nachfühlen. Der Ort ist herrlich. Die Ruhe paradiesisch. Der Ausblick ins Donautal erhebend.«

»Ich bin in einer anderen Welt«, murmelte sie leise vor sich hin.

»Ist es nicht ein wunderschöner Gedanke, sich in eine leuchtend grüne Smaragdeidechse zu verwandeln? In diesem prächtigen, grünen Farbenkleid mit kornblumenblauer Kehle durch die Welt zu wandern, die schönsten Sonnenplätze zu belegen! Ich fühle mich wie eine Smaragdeidechse nach der Überwinterung in ihrer Erdhöhle. Nach langer Zeit in der Dunkelheit erscheint sie wieder an der Oberfläche – das Aufwärmen im Sonnenlicht ist jetzt das Wichtigste für ihr Überleben.«

Anna stellte sich auf den obersten Stein einer alten, steil aufeinandergestapelten Steintreppe im Weinberg. Sie richtete sich nach der Sonne aus, faltete die Hände, hob sie über den Kopf an wie beim Sonnengebet und dehnte ihren ganzen Körper. Sie spürte ihre aneinanderliegenden Handflächen, den Druck ihrer Fingerkuppen und schloss die Augen. Sie nahm die wärmenden Sonnenstrahlen in sich auf. Hinter ihr küsste der lange Schatten der Sonnenanbeterin die Erde.

»Wir sollten heute nicht mehr nach Hause fahren, Anna.«

Max hatte die Sonnenanbeterin bei ihrer Meditation auf dem Weinberg lange betrachtet. Es war für ihn sichtbar und spürbar, dass diese zarte, feinfühlige Frau wieder festen Boden unter ihren Füßen gefunden hatte. Sie wirkte selbstbewusst und ausgeglichen. Sie stand schlank und aufrecht in der Sonne, wie eine zum Himmel wachsende Königskerze auf den Steinterrassen, die königliche Smaragdweine hervorbrachten, verwurzelt im fruchtbaren Boden einer sonnigen Welt.

»Gute Idee, Max. Ich fühle mich hier sehr wohl mit dir. Ich werde meine Mutter bitten, heute Nacht bei den Zwillingen zu bleiben.«

Warum sollte sie an diesem Abend zurückfahren in ihre alte Welt und dem vor der Haustür tobenden Stier wieder begegnen – wie am letzten Sonntag nach ihrem Skiwochenende oder heute Morgen bei der ›SMS-Affäre‹? Sie hatte genug davon.

Anna trug plötzlich die stolzen Züge einer spanischen Edelfrau, die – begleitet von den letzten Sonnenstrahlen des Tages – über ihren Fächer hinweg in die Stierkampfarena blickt und ihrem Matador zuwinkt.

»Lassen wir den Stier ins Leere laufen, Matador. Heute ist kein Tag für den Stierkampf. Heute ist der Tag der Liebe.«

»Olé!« Max blickte wie ein Schalk von der Steinbalustrade des Lusthauses im Weinberg auf seine stolze Edelfrau herab. Er blies den duftenden Tabaksrauch seiner Pfeife spielerisch auf Anna, die eben versuchte, ihn auf der Terrasse des barocken Kellerschlössels vom Rosengarten aus zu porträtieren. Mit seinem linken Arm hatte Max einen nackten steinernen Putto umfasst, der ein Buch in Händen hielt und mit dicken Backen eine unsichtbare Botschaft zum Himmel pustete.

»Ein pausbäckiges Paar seh ich in meinem Sucher! Bitte lächeln!«, rief Anna und drückte einige Male auf den Auslöser.

»Ein bisschen mehr Respekt, wenn ich bitten darf!

Probst Hieronymus Übelbacher vom Augustiner-Chorherrenstift Dürnstein – Träger des Purpurs eines Doktors der Heiligen Schrift – und der Liebesgott Amor, Sohn der Liebesgöttin Venus und Träger des ewigen Buches der Liebe, lassen bitten …«

»Ich bin sehr beeindruckt!«, hauchte Anna. »Und überglücklich über die allergnädigste Einladung in Ihr Lusthaus, Probst Hieronymus.«

»Das Glück ist ganz auf meiner Seite, wenn ich euch anseh.
Seh ich recht?
Ist's wahrhaft Venus, die entlang der Rosenbeete
wie eine früh erblühte Rose zu mir wehte?«

»Das könnt schon sein. Ich bin auf Amors Spuren,
Ein Mädchen hat beim Wein sein Herz verluren.
Ich denke, Amor hat den Pfeil verschossen
Oder sie hat zu viel vom Wein genossen.«

»So komm herauf zu mir, wir wollen gemeinsam suchen!
In meinem Lusthaus warten Früchte, Wein und Kuchen.«

»Ich denk, der süße Kuchen schmeckt mir nicht,
Habt Ihr zum Wein ein passendes Gericht?«

»Ich fürcht bei Fleisch und Wild, da muss ich passen.
Ich habe meinen Koch zu früh entlassen.«

»Dann lasse Amor von der Liebe singen.
Es lacht mein Herz, wenn Liebeslieder klingen!«

»Was du verlangst, bereitet mir jetzt Pein.
Du siehst es wohl, der Amor ist aus Stein!«

»Und du? Bist du ein Augustiner Probst?
Und hast du wirklich Kuchen, Wein und Obst?«

»Ich hab ..., ich hab ... ein liebevolles Herz!
Das schenk ich dir. Und sonst war alles ... Scherz.«

Anna konnte ihr Lachen nicht länger zurückhalten, stürmte die Treppe zur Terrasse hoch und fiel »Probst« Max leidenschaftlich um den Hals. Sie wirbelten herum und tanzten ausgelassen über die Steinplatten. Der steinerne Amor richtete seine Augen diskret weiterhin himmelwärts. Der dickschenkelige steinerne Putto am Ende der Terrasse hatte ein Tuch über die linke Schulter geworfen und blickte kopflos an den Tanzenden vorbei in die zur Donau hinabstrebenden Weingärten.

Jakob Prandtauer, der Meister barocker Baukunst in der Wachau, hatte hier vor knapp 300 Jahren ein kleines Juwel für Probst Hieronymus Übelbacher in die Weingärten gebaut. Sein Lusthaus im Weingarten war auch heute noch ein Smaragd barocker Architektur zwischen den Smaragden der Wachauer Weine.

»Leider ist das barocke Kellerschlössel heute geschlossen, Anna. Kein Koch. Kein Kellner, keine Küche, kein Kuchen, kein Braten, kein Wein, kein Himmelbett.

Liebst du mich trotzdem?«

»Mhm, mhm – ja! Ich liebe dich, auch wenn du keinen Koch, keinen Kellner, keinen Kuchen, keinen Braten, keinen Wein, kein Himmelbett und kein Lusthaus im Weingarten hast.«

»Das ist die wahre Liebe! Amor, schreib's in dein Buch!
Begleite unsre Wege bei unsrer Herbergsuch!«

Das fröhliche Reimen in den Weinbergen endete mit den letzten Sonnenstrahlen, die das verschlossene Lusthaus noch einmal verheißungsvoll aufleuchten ließen.

»Lass uns auf Suche gehen, Anna.
Unsere Liebe in der Wachau soll fein gebettet sein.«

AMORS GIFTPFEIL

Amor nahm aus dem Köcher zwei Pfeile, entgegengesetzter
Wirkung; der eine erweckt, es vertreibt der andre die Liebe.
Der sie erweckt, ist von Gold und funkelt mit schneidender Spitze,
Der sie vertreibt, ist stumpf, und Blei verbirgt sich im Schafte.
OVID, *Metamorphosen, Erstes Buch, Vers 468–471*

Anna stand im Vorraum des Kulturcafés und betrachtete erregt im großen, dunkel gerahmten Spiegel ihr Spiegelbild. Sie erblickte ein fahles Gesicht. Dunkle Augenringe unterstrichen ihre müden Augen, die tief eingegrabenen Stirnfalten und Nasenfalten verliehen ihrem Gesicht ein strenges Aussehen. Ihr kurzes, dunkelbraunes Haar betonte diese Strenge. Das flauschigweiche, schwarze Mohairwestchen legte sich wie ein Schutzschild um ihre Schultern.

In ihrem Kopf schob Anna nicht enden wollende Gedanken und Zweifel hin und her. Ihr Urvertrauen zu Max war gewaltig erschüttert worden.

Oskars E-Mail-Nachrichten der letzten drei Tage hatten Annas Seele wie Giftpfeile getroffen. Das Gift wirkte.

Ein Blick in den Spiegel genügte, und Anna war klar, dass Max ihren Seelenzustand aus ihrem Gesicht lesen konnte. Sie wollte ihn auch nicht verbergen. Aber sie hatte es vorhin nicht fertiggebracht, mit Max offen über alles zu sprechen, was sie bewegte und verwirrte.

›Warum eigentlich?‹, fragte Annas Spiegelbild.

›Warum habe ich ihm nichts von Oskars Recherchen, Behauptungen, Drohungen und Beschuldigungen erzählt, die von Dienstag Nacht bis heute Mittag mein E-Mail-Postfach besudelt haben?‹

Der letzte Angriff eines verwundeten Stiers.

Der skrupellose Versuch, eine Seele zu verwirren und zurückzugewinnen.

Die Schlagzeilen eines Enthüllungsjournalisten.

Von: oskar stock
Betreff: **abgehauen!**
Datum: 23. März 2010 23:55
An: Anna Stock

anna, deine heimlichkeiten und lügen schreien zum himmel! kaum ist deine affäre mit dem bär aufgedeckt, haust du auch schon ab und lässt ehemann und kinder ohne nachricht, wo du bist. was glaubst du eigentlich? das ist nicht mehr normal! sollte ich bis morgen 12 Uhr mittags keine stellungnahme dazu haben, werde ich sofort alles öffentlich und privat hochgehen lassen!
nimm das ernst und stell sofort jeden kontakt mit dem bär ein!!!
oskar

Von: oskar stock
Betreff: **fatale dinge**
Datum: 24. März 2010 03:27
An: Anna Stock

liebste anna, bitte, bitte erkenn doch, was da abläuft! da laufen fatale dinge ab. der bär ist

dabei, dich in ein gefährliches esoterik-netz einzuschleusen und manipuliert dich sektenartig. die betroffenen erkennen das meist nicht oder zu spät. hände weg von dem umsäuselnden verführer, der ist nicht sauber. es gibt beweise!!!!
ich recherchiere weiter. bitte ruf mich raschest an!!!!!!
oskar

Von: oskar stock
Betreff: **sternennacht in der wachau**
Datum: 24. März 2010 07:35
An: Anna Stock

ich weiß, dass du in der wachau bist. die sternennacht nach neumond mit dem bär? im esoterischen liebesgeflüster? das werde ich alles sehr genau prüfen. das ist bodenloses, vorsätzliches und endgültiges zerbrechen unserer ehe …

Von: oskar stock
Betreff: **melde dich doch!**
Datum: 24. März 2010 12:12
An: Anna Stock

anna, melde dich. die zeit des verarschens ist vorbei! wenn du nicht feig und unfair bist, nimmst du stellung.

Von: oskar stock
Betreff: **klartext**
Datum: 24. März 2010 16:36
An: Anna Stock

jetzt reicht's!
wenn du mit mir nichts zu reden hast (Zitat von gestern früh), dann rede ich heute abend mit den kindern klartext.
oskar

Von: Anna Stock
Betreff: **Klartext**
Datum: 24. März 2010 16:40
An: oskar stock

Lass die Kinder aus dem Spiel, Oskar!
Klartext ist bitter nötig zwischen uns.
Klartext, der gehört, verstanden und respektiert wird. Ich habe heute für Donnerstag, den 15. April, unseren ersten Gesprächstermin bei der Mediation vereinbart. Dort können wir reden. Beginn: 17 Uhr, Parkring Nr. 17, 6. Stock.
Gruß Anna

Von: oskar stock
Betreff: **mediation**
Datum: 24. März 2010 16:50
An: Anna Stock

was soll uns die mediation bringen?

Von: Anna Stock
Betreff: **friedliche Lösung**
Datum: 24. März 2010 16:55
An: oskar stock

Die Mediation soll zu einer friedlichen Lösung führen, die allen nützt, vor allem auch den Zwillingen. Es ist Zeit, dass endlich Ruhe einkehrt.
Anna

Von: oskar stock
Betreff: **abstand!**
Datum: 24. März 2010 17:03
An: Anna Stock

anna, eine friedliche lösung kann es nur geben, wenn du dich raschest wieder von dem esoterik-wahn mit dem bär abwendest. wenn du da weiter mitmachst, sehe ich gefahr für die spirituelle substanz meiner kinder und muss reagieren!!!!
ich bin sonst verpflichtet, dass alles öffentlich zu machen, was der bär mit dir und uns aufführt.
ich bekomme heute abend noch weitere informationen.
ich bleibe dran und informiere dich.
nimm abstand!
oskar

Von: oskar stock
Betreff: **esoterik pur! verführung pur!**
Datum: 25. März 2010 19:33
An: Anna Stock

anna
versteh bitte, dass nach dem liebes-sms-skandal von vorgestern der bär für mich ein rotes tuch ist und ich auf alle spuren seiner verführungen losgehe. das ist normal für einen liebenden menschen, der nicht zusehen kann, wenn seine frau von anderen manipuliert wird. es kursiert bereits in einschlägigen kreisen eine geheime einladung zum fest der frauen in der walpurgisnacht am 30. april in gmunden. casa lacus felix. das sind fakten! dort wird es feuerzeremonien, kultgesänge, trommeln und tanzen geben. und dann: die lesung des bär aus seiner kultschrift ›die sternstunden des menschseins‹. unter seinem pseudonym ›fabulus‹ veröffentlicht. esoterik pur! verführung pur! hüte dich vor diesem guru!! in aufrichtiger sorge,
oskar

Von: oskar stock
Betreff: **finger weg vom guru!**
Datum: 26. März 2010 14:37
An: Anna Stock

anna, die informationen aus dem fragwürdigen umfeld werden immer dichter, also bitte lass raschest die finger von dem bär und brich alles ab. das ist ernst zu nehmen, liebling. ich hab so

ein gefühl, dass du dich demnächst mit dem guru treffen willst. ich bin am wochenende verreist. du kannst mich aber jederzeit anrufen. ich bin immer für dich da.
oskar, vater deiner kinder

Max rauchte nachdenklich seine Pfeife und wartete in seinem roten Lederfauteuil in der Glasveranda auf Annas Rückkehr von der Toilette.

›Hoffentlich ist ihr nicht schlecht geworden‹, dachte er. ›Sie hat blass, angespannt und eigenartig gewirkt, als sie heute verspätet ins Kulturcafé gekommen ist. Irgendetwas stimmt da nicht.‹

Sie hatte ihm kaum in die Augen geschaut, war fahrig und nervös gewesen und hatte sich kurz nach der Begrüßung schon einmal zur Toilette begeben. Dann hatten sie eigentlich wie Fremde Belangloses miteinander gesprochen. Anna hatte immer wieder gegähnt, als wäre sie hoffnungslos übermüdet, und dabei auch tief geatmet.

»Ist was, Anna? Geht's dir nicht gut? Hast du Probleme?«, hatte Max gefragt und nur ein unglaubwürdiges, zwischen ihren Lippen hervorgepresstes »Nein, nein. Geht schon.« als Antwort erhalten.

Das war nicht die in sich ruhende Sonnenanbeterin der Wachauer Weinberge, die fröhliche Weinverkosterin aus der Vinothek, die bezaubernde Liebesgöttin Venus, die wie eine früh erblühte Rose zu »Probst« Max und dem steinernen Amor mit dem Buch der Liebe auf die Terrasse des Lusthauses geweht worden war.

Max sah eine angespannte, strenge Frau mit fahlem Gesicht und gefurchter Stirn, hinter der offensichtlich Zweifel und Unsicherheit herrschten.

»Anna, du kannst mir alles erzählen, was dich bedrückt. Dazu bin ich da.«

Stille.

Anna rieb ihre Lippen aneinander, als wolle sie vorsorgen, dass kein unbedachtes Wort hervorkäme. Sie seufzte. Max zog die Augenbrauen hoch, bewegte ebenfalls seine Lippen hin und her und atmete tief aus. Er schien einen unendlich weit entfernten imaginären Punkt zu fixieren.

Eine tiefe Dunkelheit hatte die blaue Stunde an den Ufern des Traunsees abgelöst und schien die beiden Schweigenden an ihrem Lieblingstisch in der Glasveranda des Kulturcafés zu umhüllen.

»Du musst nicht hierbleiben, wenn du dich nicht wohlfühlst, du kannst nach Hause fahren, wenn dir das lieber ist, Anna.«

Anna starrte ihr Spiegelbild im großen, dunkel gerahmten Spiegel im Vorraum des Kulturcafés an.

Sie wusste noch immer nicht, was sie von Maximilians Aufforderung halten sollte. *... du kannst nach Hause fahren ...*

War das nun das Ende ihrer großartig entflammten Liebe? Hatte die Liebe auf den ersten Blick nicht länger als vier Wochen Bestand? Würde sie denn Max wiedersehen, wenn sie nun nach Hause fahren würde?

›Wer ist Max wirklich? Ein esoterischer Guru – umkreist von verwirrten Frauen, die an seinen Lippen hängen und Befreiung suchen? Ein säuselnder Verführer, wie Oskar ihn bezeichnet hatte? Gar Führer einer geheimen Sekte? Kenne ich ihn? Was weiß ich von ihm?

Was soll ich von Oskars Informationen über Max halten?

Habe ich mich täuschen lassen?‹

Anna atmete heftig, schloss die Augen. Sie blendete alle Gedanken und Zweifel aus, die ihr Oskar mit seinen »Enthüllungen« in den Kopf gesetzt hatte. Sie konzentrierte sich auf ihren

Körper, auf ihre Empfindungen im Bauch, sie wollte sich selbst spüren und fragte sich, was ihr Bauchgefühl sagte.

Sie überlegte nur kurz und wusste jetzt ihre Antwort für Max.

Anna kehrte zu ihrem Tisch zurück und blickte Max lange in die Augen.

»Ich bleibe bei dir, Max«, sagte Anna ruhig und bestimmt.

Sie setzte sich neben Max.

FABULUS

Diesmal suchten keine weißen und silbernen Kutschen ihren Weg durch den Wald zum Schloss des Prinzen. Der schrille Schrei des Käuzchens bei der Einfahrt der PKWs in den Buchenwald klang wie ein Alarmzeichen, das das Ende der Märchenwelt ankündigte.

Max war sehr langsam von Gmunden an den Attersee gefahren, Annas weißen Wagen und seine Lenkerin im Rückspiegel betrachtend, nachdenklich und immer wieder kopfschüttelnd.

›Was war geschehen in den drei Tagen seit ihrem fröhlichen Treffen in der Wachau? Wo war diese zuversichtliche Aufbruchsstimmung Annas zu einem freien Falkenflug in die neue Welt? Wo die Begeisterung für das gemeinsame Projekt des Buchs der Liebe? Was hatte die beim Lusthaus im Weingarten so strahlenden Augen der Liebesgöttin Venus heute so leer erscheinen lassen?‹

Max hatte plötzlich wieder den steinernen Amor mit dem aufgeschlagenen Buch der Liebe vor seinen Augen, sah sich selbst als »Probst Hieronymus« neben dem tückischen Liebesgott auf der Terrasse des Lusthauses stehen und die Venus vom Rosengarten herauf lachen und fotografieren.

›Amor hat seinen Giftpfeil verschossen!‹, schoss es Max durch den Kopf. ›Den Pfeil, der die Liebe vertreiben soll. Im Auftrag des wütenden Stiers. Heimtückisch. Mit Lüge und Intrige als Gift, das offenbar wirkt.‹

Max hupte dreimal. »Da ist jetzt rasch das Gegengift nötig. Wahrheit und Klarheit!«, rief er laut aus, so als könne Anna dies auch gleich hören.

Dann beschleunigte er den Wagen und brauste das letzte Stück der zu seinem Haus ansteigenden Straße hinauf.

»Warum bist du auf einmal so losgebraust, Max? Wolltest du mich abhängen? Was soll das?«, wollte Anna wissen.

»Spontaner Rettungseinsatz, Anna. Giftalarm! Da muss man Gift raschest mit Gegengift wirkungslos machen.«

»Hast du etwas Giftiges verschluckt, Max? Du hast ganz rote Wangen. Und eine gerötete Stirn.«

»Und eine Prinzessin, der ein vergifteter Brocken im Hals steckt, wie einst Schneewittchen. Höchste Gefahr. Der Giftbrocken muss raus aus dem Hals der Schönen! Komm schnell ins Haus und stolpere über die Türschwelle ...«

Anna starrte Max entgeistert an. ›Hatte Max etwas Falsches getrunken im Kulturcafé, hatte ihm jemand eine Droge ins Weinglas geschmuggelt? Was sollten seine wirren Reden?‹

Sie stolperte tatsächlich über die Eingangsschwelle, weil sie völlig verwirrt in ihren Gedanken versunken war.

»Vorsicht!«, rief Max und fing Anna in seinen Armen auf. »Vergiftete können leicht eine Bruchlandung erleben. Nur bei Schneewittchen hat das Stolpern geholfen und sie vom Giftapfel befreit.«

»Max, das ist mir alles ein bissel zu viel. Sind wir jetzt schon wieder in einer Märchenwelt? Wer bin ich, wer bist du, wo ist das Gift? Welches Gift überhaupt? Geht's dir wieder besser? Du lachst ja!«

Max zeigte lachend auf eine Marionette, die ebenfalls lachend die beiden Eintretenden begrüßte.

»Darf ich vorstellen: Kaspar Fabulus, der Mann mit dem langen, weißen Federkiel und den alles erkennenden Augen. Sieh ihn nur an. Er wird dich raschest heilen.«

Anna stand Nase an Nase mit dem aus weichem Holz geschnitzten Kaspar, der in einem roten, an Ärmeln und Beinen weiß bestickten Narrenanzug an fast unsichtbaren Fäden in der Diele frei schwebend herabhing.

Große, braune Augen mit weit geöffneten schwarzen Pupillen blickten Anna durchdringend an. Die hochgezogenen Augenbrauen des Fabulus wirkten wie Zwillinge schwarzer Mondsicheln, die zu einer großen, roten Sonne in der Gesichtsmitte hingebogen waren: Kaspars riesige, alles überragende Nase, deren Nasenflügel die rot gewölbten Wangen berührten.

Anna wich einen Schritt zurück und betrachtete den Unbekannten mit Abstand und einer gewissen Zurückhaltung, die sie sofort bei seiner Vorstellung als Kaspar Fabulus erfasst hatte.

Sein lachender Mund mit den fein geschwungenen Lippen und einer langen Reihe weißer Zähne schien kein Ende zu nehmen. Er breitete sich – umrahmt von Lachfalten – von einer Pausbacke des Kaspars zur anderen aus. Ein ovales, fleischiges Kinn kokettierte mit dem darunterliegenden Spitzenkragen. Eine rote, umgeknickte Zipfelmütze mit einer goldenen Schelle an ihrem Ende bedeckte Kaspars Kopf.

Anna musterte den lachenden Gesellen von oben bis unten. ›Warum hatte Max diesen Kaspar allen Eintretenden vor die Nase gesetzt? Was sollte das bedeuten? Was sollte Fabulus bei ihr heilen – und wie?‹

»Er sieht schon ein wenig mitgenommen aus«, merkte Anna kritisch an.

Aus den knöchellangen Hosenbeinen ragte links ein nackter Fuß hervor, der in einem roten, fersenfreien Holzpantoffel steckte, während rechts ein abgebrochenes Holzbein ohne Fuß ins Leere ragte. Ein roter Seidenpapierfetzen hing vom Hosenrand herunter und konnte den Beinbruch nicht mehr verhüllen.

Der Hüter der Eingangspforte hielt, davon unbeirrt, eine lange, weiße Gänsefeder in seiner rechten Hand. Die Feder war größer als der ganze Kaspar Fabulus – ein Zeichen der großen Aufgabe und Bedeutung, die ihr zukam.

»Ihn kann nichts erschüttern«, antwortete Max. »Ihn belastet nichts Vergangenes. Schau dir nur sein strahlendes Lächeln an und den von innen beseelten Blick in die Ferne.«

»Allen Eintretenden schaut er aber tief in die Augen – ganz aus der Nähe«, sagte Anna, »sieh nur, wie er mich fixiert!«

Anna blickte Max ebenso durchdringend an wie Fabulus Anna ansah.

»Wer ist Fabulus?«

In Annas Kopf blitzte die Erinnerung an Oskars E-Mail über die Walpurgisnacht auf:

… und dann die lesung des bär aus seiner kultschrift ›die sternstunden des menschseins‹. unter seinem pseudonym ›fabulus‹ … esoterik pur! verführung pur!

»Wer ist Fabulus? Eine gute Frage, Anna. Rate mal, wer oder was er ist! Du hast ihn ja vor dir! Deine weibliche Intuition wird dir helfen, das Rätsel zu lösen.«

Anna begann zu rätseln:

»Ein Heiler, der mich heilen soll? Ein Hellseher, der in die Zukunft blicken kann? Ein lächelnder Verführer, der mich stolpern lässt oder ein Dichter?«

»Gut geraten, Anna! Das alles könnte er sein, unser Fabulus.«

»Unser Fabulus! Was heißt da, unser Fabulus? Es ist dein Fabulus!«

»Nein, es ist unser Fabulus, weil wir gerade dabei sind, uns zu dritt zu unterhalten. Du kannst ihm alles sagen, was dir auf dem Herzen liegt. Er wird dich lächelnd anhören und niemals unterbrechen. Auch ich darf ihm ab und zu etwas sagen, ohne dass er mich rüffelt. Er ist in unserem Bund der Dritte, also: unser Fabulus.«

»In welchem Bund? Sind wir jetzt eine Sekte? Und du, Fabulus, bist du unser hellseherischer Guru?«

Fabulus schwieg, wie von Max angekündigt.

Anna sah ihn mit großen, erwartungsvollen Augen an.

»Ich hab dir doch gesagt, dass er lieber lange zuhört, als auch nur ein Wort zu sagen, unser Fabulus. Erzähl ihm nur weiter von deinen Gedanken über Sekten und Gurus.«

Anna nahm sich ein Herz, blickte Fabulus tief in die Augen und begann.

»Hallo Fabulus, ich bin Anna. Du gefällst mir! Ich hab gehört, du schreibst Bücher. Bist du ein Schriftsteller?«

Fabulus lächelte und schwieg.

»Ah, interessant! Du bist also Schriftsteller! Worüber schreibst du?«

Anna neigte sich ganz nah zu Fabulus.

»Etwa über die Liebe?«

Fabulus lächelte und schwieg.

»Hab ich mir's gedacht«, sagte Anna. »Kann die Liebe Täuschung sein?«

»Oder anders gefragt«, schaltete sich Max ein und blickte Fabulus tief in die Augen, »können Liebende heimtückisch getäuscht werden?«

Fabulus lächelte und schwieg.

»Also doch! Danke Fabulus, das habe ich mir schon die ganze Zeit gedacht«, bestätigte Max die lächelnde Antwort des schweigenden Fabulus.

»Kann es sein, dass ich heimtückisch getäuscht wurde, Fabulus? Und wenn ja, von wem? Das möchte ich liebend gerne wissen«, fragte Anna.

Max nahm behutsam den Federkiel aus der Hand des Fabulus und malte gut lesbar ein unsichtbares großes ›JA‹ in die Luft. Dann ergänzte er: »Fabulus lässt schreiben. Was er denkt, wird durch seinen Federkiel aufgeschrieben und findet so seinen Weg zu den Menschen. Ich bin sein Schreiber. Er ist mein anderes Ich: Fabulus, der Geschichtenerzähler.«

Anna war erleichtert, dass nun das erste Rätsel gelöst war.

Sie ließ sich den nächsten Satz, den sie sprach, auf der Zunge zergehen:

»Fabulus ist Max und Max ist Fabulus. Das ist die Wahrheit.«

»Und Oskar ist Oskar und Oskar bleibt Oskar. Er täuscht Anna heimtückisch. Das ist die Wahrheit!«, setzte Max fort.

»Ich bin kein Guru und wir sind in keiner Sekte. Wir sind Liebende! Ist das klar, Anna?«

»Noch nicht ganz klar, Max, aber wahr, sagt mir mein Bauchgefühl. – Ja, es ist die Wahrheit!«

Anna war erleichtert und fragte den hölzernen Fabulus interessiert:

»Dann ist auch dein Roman *Sternstunden des Menschseins* von Max geschrieben worden, Fabulus?«

Fabulus lächelte und schwieg.

»Hast du ihn schon gelesen, Anna?«, forschte Max. »Jedes Wort darin könnte mein eigenes sein.«

Fabulus lächelte und schwieg.

Auch Anna lächelte wieder befreit von drückenden Zweifeln. Max verheimlichte nichts vor ihr.

»Ich hab das Buch noch nicht gelesen, dafür habe ich mit dir schon Sternstunden erlebt, Max Fabulus!«

»Du hast meinetwegen auch die erste Feuerprobe der Liebe durchgemacht, Anna.«

»Das hat sehr wehgetan«, seufzte Anna in Erinnerung an die wilden Zweifel über Maximilians Aufrichtigkeit und Liebe, die sie schwer erschüttert hatten. »Aber jetzt ist mein Urvertrauen in dich feuerfest, Max.«

Fabulus lächelte und schwieg.

Vor seinen großen, staunenden Augen hatte sich ein Knäuel klebriger Fäden falscher Behauptungen, dreister Lügen und eigennütziger Drohungen in nichts aufgelöst.

Zwei Liebende, die von Amors Giftpfeil entzweit werden sollten, hatten die Wahrheit herausgefunden: die Wahrheit, die in der Liebe lebt und sie bestärkt.

111 MINUTEN

Ich mag Fabulus«, schwärmte Anna fröhlich, »er ist so herrlich unkompliziert – er sieht mich an, hört mir zu, unterbricht mich nicht und hat auf die schwierigsten Fragen eine lächelnde Antwort für mich.«

»Schön, dass du ihn magst. Ich mag ihn auch und bin ihm dankbar«, bestätigte Max. »Er hat in fünf Minuten das fertiggebracht, was mir in einer Stunde im Kulturcafé nicht gelungen ist: Anna spricht. Sie enthüllt die Wahrheit über die ›Enthüllungen‹ ihres Ehemannes. Sie gibt Max die Chance, alle Verleumdungen aufzuklären. Sie ist offen und ehrlich und verheimlicht nichts vor ihrem Geliebten. So ist's recht. Die ›Enthüllungen‹ werden selbst enthüllt und sind – nackt – als plumpe Verleumdungen erkannt.

Fabulus nennt das Kapitel: ›Die Hüllen fallen!‹«

Max holte eine Flasche Rotwein und entkorkte sie schwungvoll. Dann strahlte er Anna wie Kaspar Fabulus mit einem breiten, lachenden Mund an.

»Es ist höchste Zeit, die Liebe zu leben, die von Amors Giftpfeil getötet werden sollte. Jetzt schreiben wir ein neues leidenschaftliches Kapitel in Amors ewiges Buch der Liebe!«

Sie versanken in der weichen Daunendecke ihrer Liebe, feierten das Fest der Leidenschaft, lösten sich schwebend im köstlichen Schlaf danach auf …

... Sie griffen nackt nach ihren Notizblocks, kritzelten mit beflügelten Fingern Gedanken zur nächsten Episode ihres Liebesmärchens auf die noch weißen Seiten und versanken wieder in der Daunendecke ihrer Leidenschaft.

Es wurde ein Perpetuum mobile, ein atemloses einander Finden, Umschlingen, Küssen, Kosen, ineinander Eintauchen, miteinander Verschmelzen, Explodieren, Schweben, Schlafen, Schreiben.

Da capo.

Sie versanken in der weichen Daunendecke ihrer Liebe, feierten das Fest der Leidenschaft, lösten sich schwebend im köstlichen Schlaf danach auf ...

... Sie griffen nackt nach ihren Notizblocks, kritzelten mit beflügelten Fingern Gedanken zur nächsten Episode ihres Liebesmärchens auf die noch weißen Seiten und versanken wieder in der Daunendecke ihrer Leidenschaft.

Es wurde ein Perpetuum mobile, ein atemloses einander Finden, Umschlingen, Küssen, Kosen, ineinander Eintauchen, miteinander Verschmelzen, Explodieren, Schweben, Schlafen, Schreiben.

Da capo.

Sie versanken in der weichen Daunendecke ihrer Liebe, feierten das Fest der Leidenschaft, lösten sich schwebend im köstlichen Schlaf danach auf ...

... Sie griffen nackt nach ihren Notizblocks, kritzelten mit beflügelten Fingern Gedanken zur nächsten Episode ihres Liebesmärchens auf die noch weißen Seiten und versanken wieder in der Daunendecke ihrer Leidenschaft.

Es wurde ein Perpetuum mobile, ein atemloses einander Finden, Umschlingen, Küssen, Kosen, ineinander Eintauchen, miteinander Verschmelzen, Explodieren, Schweben, Schlafen, Schreiben.

111 Minuten lang.
Da capo.

Max öffnete langsam und vorsichtig seine Augen, als wolle er einen herrlichen Traum nicht loslassen und weiterträumen. Doch der Traum war lebendig, duftend, rosig an seinen Körper geschmiegt wie eine Flaumfeder. Federleicht. Bezaubernd. Beseelend.

Sie hob und senkte sich im Gleichtakt mit dem Heben und Senken seiner Brust, nahm göttliche Gestalt an, war Venus, die Göttin der Liebe, die ihre Arme um ihn geschlungen hatte und ihn nicht mehr losließ. Ihre Augen waren geschlossen, ihre von langen Wimpern bekränzten Lider hüteten den Liebestraum der Venus, der durch ihre pfirsichroten Wangen und ein seliges Lächeln um ihren Mund offenbart wurde.

Noch halb im Traum, halb im Erwachen fühlte Anna in der innigen Umschlingung Maximilians heißen Körper. Ihr war, als schaukelte sie mit ihrem Geliebten von einer Liebeswelle zur nächsten.

Sein Atem streifte wie ein Windhauch ihre Wange.

»Du bist schön«, flüsterte Max.

Ihr Lächeln wurde eine Spur breiter.

»Ich liebe deine feinfühlige Seele, deine zarte Gestalt, deine Leidenschaft, deine Unersättlichkeit im Spiel der Liebe.«

Max genoss diese Stunde des Erwachens, die Stille des Morgens, die Wiederkehr der Bilder einer leidenschaftlichen Liebesnacht und das beseelende Gefühl der Nähe zu der Geliebten, die immer noch tief und ruhig an seiner Brust atmete und schlief. Er fühlte sich frei schwebend, federleicht wie die Flaumfeder an seiner Seite.

Maximilians geflüsterte Liebeserklärung hatte Anna aus ihrem süßen Morgenschlaf geholt. Sie kuschelte ihren Kopf an seinen Hals, zart streichelte sie mit ihren Händen seinen Nacken und seine Schultern und ließ sie dann gefühlvoll über seinen Rücken wandern.

Sie fühlte, dass die Liebesspiele der vorangegangenen Nacht und das Erwachen an Maximilians Seite kein Traum waren. Lächelnd öffnete sie langsam ihre Augen und küsste Maximilian zärtlich auf den Mund.

»Weißt du, wie wichtig deine Nähe, das Umarmen und das Kuscheln für mich sind? Ich liebe dich! Ich liebe deine liebevolle Seele, deine Ruhe, deine Leidenschaft, dein Verständnis und dein ›für mich da sein‹«, hauchte Anna.

Die Liebenden schwelgten und schwebten in diesem morgendlichen Liebesgefühl ihrer Nähe, des ungetrübten Vertrauens zueinander, Haut an Haut, im Gleichtakt atmend, einander kosend und küssend und ruhend, als gäbe es weder Zeit noch Raum.

Sie schenkten einander diese Zeit des zeitlosen Lebens und Liebens, miteinander Redens, langen Zuhörens, des Einfühlens in die Seelenwelten von Frau und Mann, des Verstehens und EINS-Seins.

Anna und Max erlebten ein märchenhaftes Wochenende der zeitlosen Liebe und Lebensfreude.

DIE ETRUSKER

Sie wanderten leichtfüßig über die frischen, grünen Wiesen zum Fischer am Seeufer. Eine wechselhafte Brise blies spielerisch zarte Wellenschleier über die weite Wasserfläche. Das helle Licht der Frühlingssonne ließ die kleinen Wellen silbern aufblitzen und zauberte das Bild flinker Fischschwärme in die blaue Weite.

Die Schätze des Sees, im Morgengrauen gefischt, lagen säuberlich geschlichtet in den Vitrinen des Fischers. Kopf an Kopf, Bauch an Bauch, Schwanz an Schwanz waren sie in großer Auswahl auf Brucheis gebettet – Forellen, Saiblinge und die besonders großen Lachsforellen. Daneben präsentierte sich eine feine Selektion geräucherter Fische.

Ein Fisch mit dunkler, fester Haut und grimmigem Blick, endlos lang gewachsen, zog Annas Aufmerksamkeit auf sich.

»Ein geräucherter Aal. Den gibt es nur selten!« Der Frau des Fischers war Annas Erstaunen über dieses schlangenartige Wesen nicht entgangen. »Der Aal ist ein sehr fetter und sehr gesunder Fisch. Man schneidet die Haut mit einem scharfen Messer am Rücken auf und zieht sie nach beiden Seiten ab. Dann kann man das feine, weiße Fleisch vom Rückgrat lösen. Ein Hochgenuss!«

Anna sah Max mit fragendem Blick an.

Max hatte bereits eine große frische Lachsforelle gewählt und zwei Filets vom Saibling. Annas unsicheren Blick beantwortete er schmunzelnd mit der Bestellung des ganzen Aals. Fünfundfünfzig Zentimeter lang! Eine geräucherte Forelle ließ er auch noch einpacken, dazu Oberskren, Ciabatta und Cantucci.

»Der Aal ist die Vorspeise unseres Festes, Anna.«

Die Frau des Fischers schmunzelte.

»Wir erwarten liebe Freunde am Wochenende«, beeilte sich Max hinzuzufügen, als er die üppige Fischladung übernahm.

»Na dann, gutes Gelingen für Ihr Fest, Herr Bär«, wünschte die Frau des Fischers.

Anna und Max schlenderten fröhlich mit ihrem frischen Fang dem Buchenwald entgegen, dessen Boden vollständig vom grünen Bärlauchteppich bedeckt war.

»Freunde, heute gibt's Lachsforelle, gefüllt mit frischen Bärlauchblättern, in der Folie gegart, und zart gebratene Filets vom Saibling mit Oberskren«, verkündete Max voll Vorfreude auf das kommende Festmahl.

»Welche Freunde werden mit uns tafeln, Max?«, fragte Anna.

»Die Etrusker, Anna. Meine Freunde aus der Toskana. Sie sind unsere Ehrengäste!«

»Wollten wir nicht am Wochenende ganz für uns alleine sein, Max? Miteinander reden, kochen, Musik hören, träumen, tafeln und unser Buch über die Liebe schreiben? Wie letzte Nacht! Max!«

»Ein schönes Programm, Anna! Da passen die Etruskerfreunde bestens dazu. Sie sind gesellig. Sie verstehen es, Feste zu feiern. Sie leben die Liebe. Wir werden ihnen ein Kapitel in unserem Buch widmen.«

Anna war erstaunt, aber sie liebte Überraschungen. Sie hatte keine Vorstellung davon, wer diese Etruskerfreunde waren und fragte auch nicht länger danach, weil sie Maximilians Sinn für stimmungsvolle Stunden vertraute. »Ich freu mich auf das

Etruskerfest! Beginnen wir mit den Vorbereitungen, Max. Das macht mindestens ebenso viel Freude wie das Fest selbst!«

»Du bist ein Schatz, Anna! Genau so fühle ich. Gemeinsam ein Fest vorbereiten, kreativ sein, den Raum schmücken, Atmosphäre schaffen, freudvoll kochen und Köstlichkeiten zubereiten, Musik auswählen, Wein verkosten und dekantieren, auf das Küssen und Kosen nicht vergessen, Spaß haben, die Tafel decken, geistig in andere Welten wandeln ...«, schwärmte Max in Vorfreude auf den Etruskerabend.

»Haben wir bei diesem Programm auch noch irgendwann 111 Minuten für uns Zeit, Max?«, fragte Anna mit unschuldsvollem Blick.

»Wann immer dir danach ist, Anna«, lachte Max, »nur nicht, während die Fische in Rohr und Pfanne garen und brutzeln, das wäre fatal!«

»*Manche mögen's heiß!*«, schmunzelte Anna und bereitete eine Schüssel mit knackigem Salat vor.

»Und andere wieder können den süßen Verführungen nicht widerstehen«, bekannte Max und startete die schmeichelnde Filmmusik von *chocolat* zur Begleitung des spontanen Vorbereitungsfests. »Nach dem Fisch muss etwas Süßes den Gaumen erfreuen! Das ist ein Grundsatz in Mamas Meisterküche!«

»Wir kredenzen heute Abend den süßen Vin Santo und Cantucci aus der Toskana nach dem Fischfestmahl!«, verkündete Anna.

»Perfekt. Du weißt, was Etruskerherzen lieben! Jetzt werden wir uns noch zu Ehren unserer Gäste nach alter Etruskerart kleiden, damit sich unsere Freunde wie zu Hause fühlen.«

»Wie heißen eigentlich deine Etruskerfreunde, Max?«

»Tarquinius und Tanaquil. Beide stammen aus einem alten etruskischen Geschlecht.«

»Und wie alt sind die beiden?«, forschte Anna jetzt mit weiblicher Neugier und Konsequenz.

»Mhm, ich schätze circa 2600 Jahre. Aber sie sind sehr vital! Ein vorbildliches Paar.«

»Max! Nicht schon wieder Märchen! Sind sie in unserem Alter?«

»Kann sein. Aber warte ab, bis sie beim Sonnenuntergang auftauchen. Dann kannst du dir selbst ein Bild machen. Jedenfalls gehen sie sehr liebevoll miteinander um, scherzen, sind fröhlich und gelassen, reichen einander die besten Happen vom Festmahl, nehmen sich viel Zeit beim Genuss und lassen sich – wie wir jetzt – von den Klängen der Musik in die Welt der Liebe davontragen.«

Die Abendsonne ließ das gegenüberliegende Seeufer noch einmal in einem feurigen Rot erglühen, bevor sie sich im Westen hinter den hoch aufragenden Buchen verabschiedete und das Landhaus in der Dunkelheit zurückließ.

Max entzündete die Kerzen auf den beiden hohen bronzenen Kandelabern links und rechts des niedrigen gläsernen Tisches, auf dem das Festmahl angerichtet war.

Schlanke, anmutige Frauengestalten aus Bronze balancierten siebenarmige Kerzenhalter auf ihren Köpfen – Dienerinnen des Lichts, das Speisen und Gäste erhellte.

Eine frei stehende, mit Leder überzogene Ottomane lud nach Sitte der Etrusker zum paarweisen Verweilen ein. Weiche Polster dienten als zusätzliche Stütze beim Mahl, das von den Paaren Seite an Seite halb liegend, halb sitzend eingenommen wurde.

Max hatte ein weißes Leintuch kunstvoll togaähnlich um den Körper gewunden und trug lederne Sandalen.

Anna sah bezaubernd etruskisch aus. Sie hatte ihre zierliche Gestalt in ein duftiges, hellblaues Leintuch gehüllt, das ihre Körperformen unterstrich und bis zu ihren Knöcheln wallte. Schultern und Arme waren nackt, goldene Armreifen schmückten ihre zarten Handgelenke. Eine Halskette aus bunten Steinen ruhte auf ihrer Brust.

Sie schwebte barfuß in den kerzenbeleuchteten Raum, den auch schon der angenehme Duft von Rosenholz-Räucherstäbchen durchzog.

»Anna Etrusca!«, rief Max begeistert vom Anblick seiner Geliebten, »schreite an meiner Seite in die Welt eines geheimnisvollen Volkes!«

Er nahm Annas Hand und schritt feierlich mit ihr in die Mitte des Wohnsalons. Die Klänge eines unsichtbaren Flötenspielers begrüßten das Etruskerpaar zum abendlichen Fest. Die Dunkelheit der Nacht ließ keine Sicht durch die raumhohen Glasfenster in die Landschaft zu. Nur das warme Licht der hohen Kerzen auf den Bronzekandelabern leuchtete in den dunklen Glasfronten und ließ im Hintergrund ein Menschenpaar in langen Gewändern aus der Dunkelheit auftauchen.

»Darf ich vorstellen, Anna? Tarquinius und Tanaquil aus Etrurien. Seid uns willkommen, Freunde aus längst vergangenen Zeiten!«

Anna blinzelte beim Anblick der aus der Dunkelheit schwebenden Gestalten, die in respektvollem Abstand ihnen gegenüber verharrten.

»Träume ich oder wache ich? Seh ich Gespenster, Max?«

Das Spiel des Flötenspielers war sehnsuchtsvoll geworden und verstärkte den Eindruck einer märchenhaften Begegnung mit Wesen aus einer anderen Welt.

»Du siehst, was du siehst, Anna. Lass deine Fantasie spielen. Nimm Platz mit mir auf der Liege und lass unsere etruskischen Gäste gegenüber Platz nehmen. Zwischen uns bleibt nur die festlich gedeckte Tafel mit den beiden bronzenen Kerzenleuchtern an den Seiten. Rundum versinkt die Welt der Gegenwart. Wir begeben uns auf eine Reise in die Vergangenheit ...«

Max setzte sich auf die Ottomane, streckte seine Beine bequem der Länge nach aus und zog Anna sanft an seine Seite. Dann lehnte er sich an den am Ende der Ottomane aufragenden Kopfteil, schob einen weichen Polster hinter sich und ließ Anna in leichter Schräglage an seiner Brust ruhen.

Tarquinius und Tanaquil ließen sich im Gleichtakt mit den Gastgebern auf der Ottomane vis-à-vis nieder.

»Ist das bequem für dich, Anna? Mach es dir gemütlich. Entspanne dich. Schau, wie heiter unsere Freunde gegenüber den etruskischen Abend beginnen und uns aufmerksam beobachten.«

»Ich fühle mich wohl und ein wenig verwirrt zugleich. Warum sprechen deine Freunde nicht? Sie sind so schemenhaft, eigentlich wie Spiegelbilder eines Liebespaares auf der Ottomane ...«

Die beiden Etrusker lachten herzlich und übermütig und versanken in einem innigen, langen, nicht enden wollenden Kuss auf ihrer etruskischen Bankettliege.

Der endlos lange geräucherte Aal in der Tischmitte verdrehte die Augen beim Anblick des Liebespaares und wusste, dass ihm noch ein wenig mehr Zeit bis zu seinem genussvollen Ende geschenkt war.

»Anna, nun lass uns das Festmahl beginnen! Das Rätsel unserer Gäste hast du gelöst, jetzt können wir nach Art der Etrusker fein speisen und trinken, Musik anhören und von der Lebenskultur der Etrusker lernen.«

»Das alles tu ich sehr gerne, Max. Du hast es wieder einmal geschafft, mich zu überraschen. Und ich bin neugierig, etwas über die Etrusker und ihr Leben zu erfahren. Bisher habe ich gedacht, die Etrusker seien Bewohner einer italienischen Provinz.«

»Das ist fast richtig, Anna. Nur mit dem kleinen feinen Unterschied, dass die Etrusker vor circa 2600 Jahren ihre Blütezeit hatten und einige Jahrhunderte die heutige Toskana belebt und gestaltet haben. Wir können noch einiges von ihnen lernen, vor allem, was die Liebe und die Beziehung zwischen Frau und Mann betrifft.«

Max sah dem Aal tief in die Augen. Dann durchschnitt er mit einem scharfen, kurzen Messer die Rückenhaut des köstlichen Fisches und legte das weiße, feste und fette Fleisch des Aals frei. Er schnitt ein kleines Stück ab und reichte es mit seinen Fingerspitzen zu Annas Mund.

Anna biss lustvoll in das Gustostück und genoss den Beginn des Etruskermahles zweifach: einmal, weil es wohltuend war, vom Liebsten zärtlich gefüttert zu werden, und zum zweiten, weil sie ganz einfach unbändige Lust verspürte, in dieses saftige Aalfleisch zu beißen und es mit den Zähnen vom Rückgrat zu lösen. Ihre Augen blitzten, ihre Lippen saugten das geräucherte Fleisch ein, ihre Zunge wischte die Spuren des Fetts von den Lippen.

Dann küsste sie den edlen Spender an ihrer Seite und murmelte: »So kann es weitergehen!«

»*Lustvoll leben in Harmonie!* Das ist ein Lebensrezept der Etrusker!«, verkündete Max-Tarquinius und lehnte sich erwartungsvoll zurück. Anna-Tanaquil hatte die Botschaft sofort verstanden. Jetzt reichte sie ihrem Etrusker mit ihren zarten Fingern einen Gustohappen vom Aal und bot ihm dazu ein Stück Ciabatta an.

»Perfekt Tanaquil! Die selbstbewussten Etruskerinnen ließen sich verwöhnen und wussten, wie man den Liebsten verwöhnt. Liebevoller Umgang miteinander und Gleichberechtigung der Geschlechter war bei den Etruskern vor zweieinhalb Jahrtausenden Realität, was die alten Griechen und Römer sehr argwöhnisch beobachtet haben.«

»Da gibt es im 21. Jahrhundert noch viele, die eine etruskische Lektion vertragen können«, fügte Anna wissend hinzu.

»Kennst du einen davon?«

»Nein. Ich lebe im Jetzt. Wir sind in der Zeit der Etrusker und feiern unsere Zweisamkeit, Tarquinius.«

Tanaquil füllte die Weingläser mit dem gekühlten Vernaccia di San Gimignano aus der Toskana, den Tarquinius zum Fisch passend vorbereitet hatte.

Die Etrusker prosteten einander zu und betrachteten aus den Augenwinkeln, wie gegenüber an der Fensterfront – etwas schemenhaft – ihre Gäste im Gleichklang mit ihnen die Gläser klingen ließen.

Das Etruskerfest nahm seinen Lauf. Zwei vergnügte Paare räkelten sich im Gleichtakt auf der Ottomane, schnappten nach Gustohappen von der Tafel, lauschten den Liedern des unsichtbaren Flötenspielers, tranken freudvoll den erfrischenden Wein aus Etrurien, erhoben sich zum Tanz im Kerzenschein, holten die mit Bärlauch gefüllte, in der Folie gegarte Lachsforelle aus dem Ofen, schmausten, lachten, tranken, schmiegten sich liebevoll aneinander, reichten einander Gustostückchen mit Salatblättern, erzählten Geschichten von der Lebensweise und den Taten ihrer Vorfahren, dem blühenden Handel mit den Griechen, der etruskischen Kunst des Wasser- und Straßenbaus, den wehrhaften Städten auf den etrurischen Bergrücken, dem ertragreichen Abbau von Erzen und Metallen, dem Talent und der Geschicklichkeit der etruskischen Handwerker und Künstler und dem Beginn des Weinbaus auf den von südlicher Sonne beschienenen Hügeln.

Anna und Max verspürten kein Verlangen, die Rückreise in die Zeiten des 21. Jahrhunderts zu beginnen. Sie wanderten eng umschlungen in ihr Schlafgemach. Die Kerzen der Bronzekandelaber waren weit herabgebrannt. Draußen – vor der Villa Etruria – war der Mond aufgegangen und ließ die nächtliche Seelandschaft wieder in seinem weißen Licht sichtbar werden.

So wie sie nach Sonnenuntergang still aufgetaucht waren, so waren Tarquinius und Tanaquil beim Mondaufgang still und unbemerkt entschwunden. Nur die silberne Straße des Mondlichts, die über den großen See nach Süden führte, erinnerte an den Besuch des Paares aus dem Etruskerland.

SCHEIDUNGSBASAR

Anna drückte im Lift den Knopf für den sechsten Stock. Es war fünf Minuten vor 17 Uhr, 15. April 2010. Der Tag der vereinbarten ersten Mediation. Der Aufzug setzte sich mit einem leichten Ruck in Bewegung. Anna blickte intuitiv nach oben, so als wolle sie bis zu einem wolkenlosen, blauen Himmel ihres neuen Lebens schauen. Doch bis dahin waren noch die einschränkende Decke der Liftkabine dazwischen, ein langer Liftschacht, das Dach des Bürohauses und einige Mediationstermine.

Das alles konnte Annas zuversichtliche Stimmung nicht schmälern. Sie war entspannt und wusste, was sie wollte: die Freiheit vom Joch ihrer Ehe.

Das Erlebnis des etruskischen Lebensgefühls von Frau und Mann und die Liebe zu Max hatten sie in eine völlig neue Welt geführt. Sie wollte ein Leben voll Aufmerksamkeit und Zärtlichkeit der Partner zueinander, voll Harmonie und spürbarer Lebensfreude, wie es in den etruskischen Wandmalereien verewigt worden ist.

Sie wollte kein ›Zurück an den Start mit Oskar‹, wie er es in seiner letzten E-Mail vor zwei Tagen noch wortreich in den Raum gestellt hatte, als würde nach endlosen Zerrüttungen und Enttäuschungen ab morgen wieder eine traute Gemeinsamkeit beginnen. Der Text lief in Annas Kopf im Zeitraffer ab:

Von: oskar stock
Betreff: **lebensfreude, respekt, wertschätzung, verantwortung …**
Datum: 13. April 2010 23:48
An: Anna Stock

servus liebling,
ich weiß um all deine probleme.ich hab gestern bei unserem morgengespräch endlich sehr viel deines leides gespürt. das hat mich alles sehr nachdenklich gemacht. meine einsicht und meine entschuldigung für geschehene dinge, die eventuell in der kindheit begründet lagen, helfen jetzt nicht viel. du sollst aber wissen und spüren, dass ich begriffen habe und sehr viel änderung passiert. noch nicht wirklich deutlich spürbar, aber der weg stimmt.
meine achtung, meinen respekt, meine wertschätzung sollst du spüren.
dein ununterbrochenes bedürfnis, dich vor mir schützen zu wollen, ist gewissermaßen verständlich. es ist mir klar, dass loslassen der einzige weg ist, dass wir im sinne unserer verborgenen liebe und familie wieder hoffen können. genau daran arbeite ich. dein oftmals geäußerter standpunkt, dass ein neustart notwendig ist, ist nicht ganz richtig. im sinne des loslassens deiner person sehr wohl, aber ohne lebensziel leben kann ein mündiger mensch nicht. zu viel hoffnungslosigkeit und sinnlosigkeit machen sich breit. das ist wissenschaftlich bekannt. bei mir umso mehr, als ich dich wirklich tief liebe.

meine liebe anna: trennung ist sinnvoll und nötig. trennung von alten lebensgewohnheiten, trennung von unberechtigten eifersuchtsszenen, trennung von mustern, die enge bringen und luft abschnüren, trennung von kontrollverhalten, trennung von übersehenen respektgesten, trennung von freudlosem leben, trennung von beruflichen agenden.
aber dazu ist keine trennung der familie notwendig. dies ist meine sicht und die dazu nötige bereitschaft sei zum tausendstenmal ausgesprochen. wenn wir eine kompletttrennung weiter forcieren, dann ist mit sicherheit - und das ist millionenfach in der realität bewiesen - bei uns beiden in kürzester zeit eine neue beziehung da, und damit ist die familie hoffnungslos verloren. mit sicherheit! zu viel wird damit bei uns emotional zerstört.
überleg doch noch mal, ob es das alles wert ist. mein konstruktiver, sinnvoller vorschlag: wir brechen beide unsere bestehenden oder prospektiven außenbeziehungen ab, engagieren den besten ehetherapeuten und gehen mit viel verantwortung in einen freudvollen feldversuch im sinne unserer familie und ehe und der gewissheit auf neue, tolle lebensfreude!!!
überlege es dir bitte bis zur mediation.
schmeißen wir unsere beziehung nicht einfach achtlos weg!
in liebe und mit bussi
oskar

Der Lift blieb mit einem leichten Ruck im sechsten Stock stehen. Die Tür Nummer 17 stand offen. Anna betrat den nüchternen Vorraum und traf auf Oskar.

Oskar war sichtlich angespannt und begrüßte sie aufgeregt mit der zu erwartenden Frage, ob sie diesen Termin tatsächlich wahrnehmen wolle oder ob sie nicht doch lieber das erste Mediationsgespräch absagen sollten. Er wolle sie auf ein Glas Wein einladen und man könne ja den Neubeginn ihrer Beziehung besprechen. Das wäre doch der ideale Tag! Welch ein Triumph wäre es, die erste Mediationssitzung in die Geburtsstunde eines gemeinsamen neuen Lebensabschnitts zu verwandeln! Die Mediatoren hätten so etwas sicher noch nie erlebt!

Anna spürte, wie sich ihre eben noch lockeren Muskeln anspannten. Sie beantwortete Oskars Frage spontan mit einem klaren Nein. Sie hatte genug von seinen nie erfüllten Zusagen zu Verhaltensänderungen, von seinen angebotenen Vereinbarungen und persönlichen Einsichten, die er im nächsten Satz bereits wieder abschwächte, eingrenzte oder widerrief.

Ihre klare Position entspannte sie wieder, für weitere Diskussionen blieb keine Zeit.

Ein schlanker Mann in Jeans und einem sommerlich gestreiften Hemd betrat den Vorraum und begrüßte Anna und Oskar freundlich. Mag. Mayer stellte sich als Mediator und Rechtsanwalt vor und begleitete die beiden in einen angrenzenden Besprechungsraum. Der Raum war groß und hell, mit zwei südseitig gelegenen Fenstern und karger Einrichtung. Vor einem Fenster stand ein Besprechungstisch, davor vier Stühle, jeweils paarweise zueinander angeordnet. Seitlich des Tisches war ein Flipchart postiert, das weiße, unbeschriebene Papier und dicke Faserstifte waren vorbereitet worden.

Eine Frau mit langen, dunklen Haaren saß am Tisch und arbeitete, als Mag. Mayer mit seinen Besuchern den Besprechungsraum betrat. Die Frau hob den Kopf, nickte ihnen zu, stand auf und ging schwungvoll auf Anna und Oskar zu. Sie stellte sich mit fester Stimme als Mediatorin und diplomierte Ehe- und Familienberaterin vor.

Dann lud die Mediatorin die beiden ein, Platz zu nehmen. Anna wählte den linken Stuhl, der Mediator setzte sich direkt gegenüber, von Angesicht zu Angesicht mit Anna.

Rechts von Anna saß Oskar, ihm gegenüber die Mediatorin.

Zu Beginn der Sitzung erklärte der Mediator den Ablauf der Mediation und definierte diese als *strukturiertes, freiwilliges Verfahren zur konstruktiven Beilegung eines Konfliktes*.

Anna und Oskar wurden über die wichtigsten Grundsätze informiert: fair miteinander umzugehen, wertschätzend zu kommunizieren und alle Informationen vertraulich zu behandeln. Sie erfuhren, dass die Gespräche immer zu viert stattfinden würden, die Mediatoren neutrale Vermittler seien, Kommunikationsbrücken herstellen und auf die Einhaltung der Mediationsregeln achten würden.

Die Mediatoren seien keine Rechtsberater der Konfliktpartner, sie würden diese jedoch ermutigen, Standpunkte und Bedürfnisse auszusprechen und einvernehmlich Lösungen zu entwickeln.

Dann legte die Mediatorin einen zweiseitigen Mediationsvertrag mit dem besprochenen Inhalt vor, den alle Beteiligten unterzeichneten.

Anna war angenehm überrascht von der ungezwungenen und überlegten Gesprächsführung. Der freundliche und professionelle Einstieg in die erste Mediationssitzung bestärkte ihre Erwartung, dass sich aus den nachfolgenden Gesprächen eine realisierbare Lösung ergeben würde. Auch Oskar würde begreifen, dass es höchste Zeit war, die Trennung zu akzeptieren und zu vollziehen.

Anna war voll konzentriert auf das Gespräch und fühlte sich in der Sache gut vorbereitet. Der neben ihr sitzende Oskar vermittelte einen eher passiven Eindruck, so als würde er etwas über sich ergehen lassen, was er gar nicht wollte.

Anna und Oskar wurden nach ihren Erwartungen und ihren persönlichen Zielen befragt und warum sie zur Mediation gekommen seien. Anna sollte beginnen.

»Ich will die Trennung mit allen rechtlichen und finanziellen Konsequenzen«, sagte Anna mit fester Stimme.

Der von ihr erwartete Aufschrei Oskars zu ihrem Statement blieb überraschenderweise aus. Die Mediation schien bereits zu wirken. Die Mediatorin schrieb Annas Satz mit dickem, blauem Filzstift auf das noch unbeschriebene erste Blatt des Flipcharts.

Oskar verfolgte den Schriftzug, schüttelte unwillig den Kopf und murmelte ungefragt: »Sie will alles wegschmeißen. Und außerdem hat sie einen Geliebten, wie ich vor Kurzem entdeckt habe.«

»Stop!«, bremste der Mediator Oskar. »Ihr Kommentar entspricht nicht den vereinbarten Regeln.«

Oskar schwieg. Er akzeptierte die vom Mediator gesetzte Grenze.

Anna atmete auf. Die neue Gesprächssituation bewahrte sie offensichtlich vor Oskars im Ehestreit vielfach erlebten Grenzüberschreitungen. Sie konnte jetzt, ohne ständig unterbrochen oder angebrüllt zu werden, die Familiensituation, die eheliche Vermögenslage und ihre Vorstellungen über die Vereinbarungen zur Trennung offenlegen. Kurz. Knapp. Prägnant.

Dann war Oskar an der Reihe. »Sie hat einen Geliebten«, wiederholte er mit vorwurfsvoller Stimme. Offenbar in der Erwartung, dass die Mediatoren dieses Verhalten negativ beurteilen würden.

Die Mediatoren zeigten keine Reaktion. Mag. Mayer antwortete nüchtern: »Für unsere gemeinsame Aufgabe, eine einvernehmliche Trennung zu vereinbaren, ist dieser Vorwurf ohne Bedeutung. Sie leben ja schon längere Zeit getrennt, jeder für sich. Welche Lösungsvorschläge haben Sie, Herr Stock?«

Oskar sprang auf, demonstrierte seine Unbeherrschtheit mit dem zornigen Ausruf: »Wenn das so ist, dann habe ich hier nichts mehr zu sagen!«, und stürmte in den Vorraum. »Dann soll Anna die Mediation alleine machen!«, tönte es in den Besprechungsraum herein.

»Ein starker Abgang!«, kommentierte Anna mit einem vielsagenden Blick zu den Mediatoren.

»So geht es nicht!«, protestierte die Mediatorin und lief dem Polternden eilig nach.

Kurz darauf kehrte sie mit Oskar Stock an ihrer Seite zurück, wies ihm seinen Platz zu und stellte nachdrücklich klar: »Wir haben eine eben unterschriebene Vereinbarung. Das Mediationsgespräch führen wir zu viert, bis wir eine Lösung haben. Sie haben die Pflicht, sich konstruktiv zu beteiligen. Und jetzt formulieren Sie bitte Ihre Vorschläge.«

Die zarte, dunkel erscheinende Frauengestalt lehnte wie ein Schattenbild an der Reling des langen Holzsteges, der geradewegs in ein silbern glänzendes Meer führte. Am Horizont berührten Wasser und Himmel einander in einer leicht gekrümmten, endlos scheinenden Linie. Das Licht der hoch stehenden Sonne malte in der Mitte des Horizonts eine gleißende Fläche ins Wasser.

Max steuerte mit flottem Schritt auf die geheimnisvolle Frauengestalt zu. Die Holzplanken unter seinen Füßen knarrten, zu seiner Rechten wiegten Palmen ihre Wedel in der erfrischenden Brise. Eine Schar von Möwen umkreiste den Landungssteg und den Yachthafen der Mole West.

»Max! Ich habe dich sehnsüchtig erwartet.«

Anna lief Max entgegen. Ihre Augen leuchteten.

Max lachte und umarmte sie herzlich. Anna schmiegte sich stürmisch an ihn und küsste ihn leidenschaftlich.

»Anna«, mahnte Max scherzend, »du bringst die Möwen ganz durcheinander. Ansonsten scheint hier niemand unsere Idylle zu beobachten.«

Das schicke Café-Restaurant der Mole West mit seiner großzügigen, vom Wasser des Neusiedler Sees umspülten Terrassenlandschaft und dem davor liegenden Yachthafen lag wie eine Oase im Licht der frühen Nachmittagssonne. Die breiten, einladenden Fauteuils aus hellgrünem Kunststoff, die in kleinen Gruppen direkt am Wasser arrangiert waren, waren um diese Stunde ebenso unbesetzt wie die Tische auf den höhergelegenen Terrassen des Restaurants.

»Such dir deinen Thronsessel aus, Prinzessin!«, lud Max Anna ein. »Das ist ein herrlicher Ort, um die Seele in der erfrischenden Maibrise zu entspannen. Das wird dir nach deinen Mediationsgesprächen guttun.«

Anna stieß einen kurzen Seufzer aus, wählte ihren Platz in der Mitte der Seeterrasse und machte es sich bequem.

»Ich bin müde. Die Gespräche kosten enorm viel Kraft! Ich weiß nicht, ob sie wirklich zum Ziel führen werden.«

»Gut Ding braucht Weile. Wir werden jetzt einmal das Mole-West-Menü genießen«, schlug Max vor, »frische Seeluft, wärmende Maisonne, leichte Brise, kreischende Möwen, regionale und internationale Köstlichkeiten, fruchtige Weine aus den Weingärten rund um den See und viel Zeit zum Nachdenken, Überlegen und Zukunftgestalten an den Ufern des Neusiedler Sees.«

Eine freundliche, schlanke Mitarbeiterin begrüßte die Nachmittagsgäste und präsentierte lächelnd die Speise- und Getränkekarte der Mole West.

Die Oase der Gaumenfreuden war auch zu ungewöhnlichen Zeiten gastlich und bot unter *eleven to ten* eine vielfältige Auswahl.

Anna und Max lasen einander vergnügt und abwechselnd vor, was der Küchenchef empfahl:

– *Klare Fischsuppe von Süß- und Salzwasserfischen*
– *Mole-Tapas*
– *Hummus mit Oliven und Gartenkresse*
– *Scampi and Chips mit Dip-Saucen und Ciabatta*
– *Feine Blattsalate mit gegrillten Riesengarnelen, getrockneten Tomaten und Kapern*
– *Wildwurst- und Wildschinkenplatte mit Tomaten, Oliven und Ciabatta*
– *Weißes Kartoffel-Karfiol-Curry mit Moong Dal, Reis, grünem Chutney und Papadam*
– *Wildgulasch vom Neusiedler Wildbret mit Nockerl und Salzgurken*
– *Ciabatta-Sandwiches mit Serranoschinken, Halloumikäse, Tomaten und Basilikum oder gegrilltem Hühnerfilet, Avocado, Rucola und Zitrone*
– *Cookie-Eis mit Valrhona-Schokolade* oder *Schlagobers-Palatschinken mit Marmelade*

»Mir läuft das Wasser im Mund zusammen. Zeit zum Bestellen!«, forderte Max, doch Anna war jetzt nicht zu bremsen.

»Ab 18 Uhr gibt's auch *Dampfnudeln mit Mohn, Rhabarber und Tahiti-Vanilleeis* oder *Panna cotta mit Mango und Shortbread von der Zotter-Schokolade*«, offenbarte sich Anna als Liebhaberin des Süßen. »Und *Nougatmousse mit Kaktusfeigeneis* und …«

»Stopp, Anna! Es ist erst 15.00 Uhr. Das Nachmittags-Schlaraffenland ist üppig genug. Und reden wollen wir ja auch noch.«

Die Leseübung in der Speisekarte hatte Annas Kopf wieder frei gemacht von den drängenden Gedanken der Mediation und der noch ungelösten Frage ihrer Trennung von Oskar. Sie atmete tief aus, blinzelte zu den im Sonnenlicht segelnden Möwen und überließ Max die Bestellung.

»Ich verlass mich auf deine Wahl, Max. Ich möchte mich entspannen und einfach verwöhnen lassen. Ich will nichts denken oder gar entscheiden müssen.«

»So möge es sein, Prinzessin! Ich verwöhne dich gerne!«

»Gibt's hier auch Zimmer?«, fragte Anna neckisch.

»Nein, aber einen breiten Schilfgürtel rund um den See, Steppengras und salzige Lacken im Seewinkel, Ziehbrunnen und Schilfhütten, Reiherkolonien, Storchennester und ein riesiges Vogelparadies!«

»... und beste Weinlagen am Abhang des Leithagebirges und im Seewinkel«, wusste Anna und küsste Max vor Freude spontan auf den Mund!

»Wir beginnen das kulinarische Verwöhnprogramm mit Mole-Tapas und Hummus mit Gartenkresse«, erlöste Max die geduldig wartende Mole-West-Maid mit der Bestellung des ersten Ganges, »und anschließend teilen wir uns das weiße Kartoffel-Karfiol-Curry mit Moong Dal, grünem Chutney und Papadam, wenn Sie mir verraten, was Papadam ist.«

»Ein knuspriges indisches Fladenbrot aus Linsenmehl«, löste die Serviererin das Rätsel. »Es wird Ihnen schmecken. Unsere Köche bereiten es ganz frisch zu.«

»Danke! Dann kosten wir zur Vorspeise auch ein Glas Weißburgunder aus Neusiedl.«

»Die Prinzessin ist mit deiner Wahl zufrieden, Maximilian, du stehst hoch in ihrer Gunst.«

Anna fühlte sich in der entspannten Atmosphäre der Mole West wohl. Sie erfreute sich mit Max an den kulinarischen

Köstlichkeiten, die stilvoll serviert wurden, sie teilte nach etruskischer Art die besten Happen mit ihrem Liebsten und beide ließen den frischen Weißburgunder aus Neusiedl genussvoll über Zunge und Gaumen gleiten.

»Schau, wie die Möwen im Wind segeln!«, rief Max, »wie Vorboten deiner künftigen Freiheit!«

»Max, du Optimist. Ich hänge noch an der unsichtbaren Leine Oskars, das ist mir in den letzten Wochen klar geworden.«

Anna richtete sich auf und erzählte Maximilian von den ersten drei Mediationsgesprächen.

»Ich habe meine Situation mit der eines Vogels verglichen, der im goldenen Käfig lebt und zugrunde geht, weil ihm die Freiheit genommen wurde. Oskars Antwort war bezeichnend: ›Ich mache ja ohnehin die Tür des Käfigs auf, aber sie darf nicht zu weit wegfliegen und muss wieder zurückkommen!‹ Die Antwort des Mediators kam spontan: ›So geht's aber nicht, Herr Stock! Sie binden ihr vorher ein Band um den Fuß, sodass sie nicht zu weit wegfliegen kann, und dann öffnen Sie die Käfigtür. Das hat nichts mit Freiheit zu tun.‹«

Max lehnte sich zurück und strich sich mit beiden Händen durchs Haar. »Das ist skurril. Oskar ist ein Phänomen. Er offenbart mit unschuldsvoller Miene seine Persönlichkeit und scheint daran zu glauben, dass dieses Einsperren, Kontrollieren und Nicht-Loslassen in Ordnung ist. Ein Fall für unser Liebesmärchen: Der Sultan aus den Geschichten von Tausendundeiner Nacht, der seinen Paradiesvogel zu Tode füttert und nicht versteht, dass Freiheit Leben bedeutet.«

Anna nickte zustimmend.

»Wir sind zwar da und dort mithilfe der Mediatoren ein wenig weitergekommen, konnten einige Vorfragen der Trennung klären, aber es gibt noch keinen konkreten Vorschlag für eine endgültige Lösung«, seufzte Anna.

»Dann leg doch einen konkreten schriftlichen Vorschlag beim nächsten Termin vor«, meinte Max pragmatisch. »Warum sprichst du eigentlich immer nur von ›Trennung‹ und nicht von einer einvernehmlichen Scheidung? Damit könnt ihr alle Fragen endgültig und ohne Streit erledigen.«

»Wenn es beide wollen! Ich fürchte, dass Oskar beim Wort ›Scheidung‹ aufspringt und die Mediation abbricht. Das hat er schon beim ersten Termin getan, als sein Vorwurf, ich hätte einen Geliebten, als unwesentlich für die Mediation übergangen worden ist.«

»Und ist er wiedergekommen?«

»Ja. Von der Mediatorin zur Ordnung gerufen und an die vereinbarten Regeln der Mediation erinnert. Dann hat er seine Vorstellungen eingebracht und war wieder verträglich.«

»Bestens. Warum soll es diesmal anders sein? Oskar ist clever genug, um zu spüren, dass es mit den Mediatoren nur um ein Ziel geht: eine einvernehmliche und faire, sachliche Lösung. Und das ist im besten Fall die Scheidung im Einvernehmen. Da könnt ihr alle wesentlichen Punkte regeln: die Sorge- und Besuchsrechte für die Kinder, den Unterhalt, die Vermögensaufteilung, die Übernahme von Krediten und die Regelung über euer Wohnhaus. Das ist zwar mühsam – meist geht es zu wie im Basar –, aber wenn euch das mithilfe der Mediatoren gelingt, erspart ihr euch den üblichen sinnlosen Scheidungskrieg, bei dem nur ›Schmutzwäsche gewaschen‹ wird und ›verbrannte Erde‹ zurück bleibt.«

Die Möwen über ihren Köpfen begannen plötzlich wild zu kreischen, als würden sie die Worte Maximilians verstärken wollen, und schwirrten auf die Bootsanlegestelle zu, bei der in der Zwischenzeit ein Segler angelegt hatte und den Himmelsvögeln einige Happen zuwarf. Ein lautes und heftiges Getümmel zur Eroberung der besten Stücke hatte blitzartig eingesetzt und löste sich nach kurzer Zeit wieder auf, als es nichts mehr zur Verteilung gab.

»Jetzt verstehe ich, was du meinst«, sagte Anna beeindruckt vom Schauspiel der Möwen. »Gib mir ein wenig Zeit für meine Arbeit, Max.«

Anna schob ihr Weinglas behutsam von ihrem roten Tischset und wendete dieses schwungvoll. Die Rückseite lag nun als großes, weißes Blatt Papier vor ihr. »Jetzt schreibe ich den Entwurf unseres Scheidungsvergleiches«, sagte Anna entschlossen, »zu jedem einzelnen der von dir vorhin aufgezählten Punkte schreibe ich das auf, was ich mir als Basis für meine Zukunft vorstelle!«

Die Möwen kreischten nochmals laut auf. Diesmal klang es wie eine himmlische Zustimmung zum entschlossenen Vorgehen Annas.

»Ich bestelle für uns noch ein Glas vom köstlichen Weißburgunder aus Neusiedl. Lass dir ruhig Zeit, ich genieße den Ausblick und beobachte den Möwenflug. Solltest du Fragen haben, bin ich stets zu Diensten.«

Während die Sonne langsam westwärts wanderte und tiefer und tiefer zu den Hängen des Leithagebirges herabstieg, sahen die am Himmel kreisenden Möwen in der Mitte der Seeterrasse der Mole West ein in Gedanken versunkenes Menschenpaar, in bequemen hellgrünen Fauteuils sitzend. Die zarte Frauengestalt war leicht nach vorne gebeugt und schrieb immer wieder auf ein weiß glänzendes Blatt, der Mann an ihrer Seite hielt eine geschwungene Pfeife in seiner linken Hand und sandte von Zeit zu Zeit weißen Rauch himmelwärts zu den Möwen.

Eine leichte Maibrise trieb sanfte Wellen über das grenzenlose pannonische Meer.

Anna zog die Schultern hoch und stellte den Kragen ihres Trenchcoats auf. Es regnete und war kühl. Der Mairegen war für sie wie ein Zeichen des Himmels – *Alles fließt, alles verändert sich.* Nur wenige Passanten waren mit schwarzen Regenschirmen unterwegs in der Stadt. Anna beeilte sich. Sie wollte so rasch als möglich bei Maximilian sein. Lockeren Schrittes schlug sie den Weg in den Heiligenkreuzer Hof zum Salon Hollmann ein.

Maximilian spannte den Regenschirm ab, schüttelte die Wassertropfen vom Schirm und öffnete die Tür.

Der Ober erkannte den Gast sogleich wieder. »Hallo Max! Heute allein unterwegs?«

Max begrüßte ihn, lehnte den Schirm in die Ecke hinter der Tür, zog seinen Regenmantel aus und schaute dann den Ober erstaunt an.

»Ist Anna noch nicht da?« Er hing seinen Mantel auf und überblickte kurz das Lokal.

»Nein!«

Max zog die Augenbrauen erstaunt hoch.

»Aber Annas Lieblingstisch ist frei.«

»Fein! Dann tröste ich mich mit einem Pfiff Bier, bis sie kommt.«

Der Ober Max spitzte die Lippen, pfiff eine fröhliche Melodie und zapfte das bestellte Bier. In seinem Auftreten erinnerte er an einen Schauspieler auf der Bühne, in schwarzem Hemd und schwarzer Hose, mit ausgeprägter Mimik und lebhaft gestikulierend.

Max beobachtete das Schauspiel hinter der Theke amüsiert und überlegte, wie wohl das Schauspiel der heutigen Mediation geendet habe. Die übliche Gesprächszeit war bereits deutlich überschritten.

Max nahm das frisch gezapfte Bier dankbar entgegen und beruhigte seine Ungeduld mit einem kräftigen Schluck.

Anna stand vor dem Eingang zum Salon Hollmann. Ihr Haar war nass vom Regen und kräuselte sich. Sie fuhr sich mit einer raschen Handbewegung durchs Haar und drückte die Tür auf.

»Endlich!« Maximilian sprang auf, ging einige Schritte auf Anna zu und umarmte sie stürmisch. Die Regentropfen auf Annas Trenchcoat hatten keine Überlebenschance und wurden platt gedrückt. Anna küsste Max. Sie setzte sich entspannt auf die Holzbank an ihrem Lieblingstisch, atmete tief durch und blickte Max strahlend an.

»Fair und freundschaftlich! Stell dir das vor!«, sprudelte sie los und betonte jedes Wort. »Fair und freundschaftlich!«

»Oh! Das klingt höchst erfreulich! Von wem stammt diese Aussage?«

»Dreimal darfst du raten, Max. Von Oskar natürlich! Wir haben am Ende der heutigen Mediation per Handschlag die einvernehmliche Scheidung besiegelt und alle weiteren Schritte sollen ›fair und freundschaftlich‹ zu Ende geführt werden.«

Max kippte den letzten Rest seines Biers hinunter, strich sich mit der Zunge über die Lippen und schüttelte lächelnd seinen Kopf. Dann küsste er Anna lange und innig und spürte dabei, dass ihre Nasenspitze noch kalt vom Regen war.

»Max, wir brauchen etwas Prickelndes, das uns von innen her wärmt!«

»Ich eile herbei und bringe euch ... zwei ... Gläser Prosecco mit Holunderblüten«, kündigte der Ober Max komödiantisch seinen freudig erwarteten Auftritt an.

»Das passt! Und dazu bitte einen Krug Wasser«, rief Anna über die Theke. »Mein Hals ist etwas ausgetrocknet. Ich habe heute viel gesprochen.«

Max sah Anna erwartungsvoll an.

Sie hoben ihre Gläser und feierten das Ergebnis der Mediation! Anna genoss das erfrischende Prickeln des ersten

Schlucks, das zarte Aroma der Holunderblüten und begann lebhaft zu erzählen.

»Gleich zu Beginn des Mediationsgespräches legte ich meinen schriftlichen Entwurf für die einvernehmliche Scheidung vor. Die Mediatorin notierte die wichtigsten Punkte auf dem Flipchart. Zu meiner Überraschung blieb Oskar ruhig und hörte sich meine Vorschläge an. Bei einigen Punkten herrschte sofort Übereinstimmung wie bei der Obsorge für die Kinder oder dem Besuchsrecht.

Bei den Punkten, bei denen es ums Geld und ums Haus geht, waren wir mittendrinnen im Scheidungsbasar: Da wurde um jeden Euro gefeilscht. Da ging es – manchmal auch lautstark – hin und her. Die Mediatoren haben die Vorschläge angehört und unsere Diskussionen gelegentlich unterbrochen, wenn etwas rechtlich nicht richtig war. Dann hat der Mediator wertvolle Hinweise zu rechtlich richtigen Formulierungen gegeben.

Aber feilschen mussten wir alleine. ›Fair und freundschaftlich.‹«

»Klingt gut!«, kommentierte Max. »Das hat Oskar bis zum Ende durchgehalten?«

»Ja. Dank des Geschickes der Mediatoren. Immer, wenn es ›heiß‹ zu werden drohte, haben sie sich eingeschaltet und uns zur Sache und zur Ordnung gerufen. Das hat gewirkt. Und schließlich haben sie die Klärung der noch offenen Punkte auf einen weiteren Abschlusstermin vertagt, damit wir unsere Positionen und Vorstellungen in aller Ruhe überlegen können. Ende Mai soll alles unterschriftsreif sein.«

»Gratulation zu diesem Durchbruch, Anna! Wie fühlst du dich jetzt?«

»Erleichtert!«

Sie nahm den letzten Schluck Prosecco.

»Und hoffnungsvoll! Wir haben das heutige Ergebnis per Handschlag vor den beiden Mediatoren bestätigt. Und Oskar hat sein Einverständnis zur einvernehmlichen Scheidung mit den Worten ›fair und freundschaftlich‹ bekräftigt.«

»Möge die Übung gelingen!«, wünschte Max und prostete Anna zu.

TOSKANISCHE TAFELRUNDE

Wähle als Erstes dir aus, auf wen deine Liebe du richtest,
Dann ist das zweite Geschäft: Die Auserwählte erobern!
Aber das dritte, dass lang daure der zärtliche Bund.
OVID, *Die Kunst der Liebe*

Eine alte Zypressenallee säumte den Weg zum herrschaftlichen Landhaus inmitten der toskanischen Weinberge. Die hellen Steinmauern leuchteten den Gästen von Weitem entgegen, der Eingang war üppig umrankt mit rot und weiß blühenden Rosen. Knorrige, weit verzweigte Feigenbäume breiteten ein grünes Blätterdach über eine lange rustikale Tafel aus, die vor dem Eingang des Landhauses La Vialla aufgestellt war.

Anna und Max wanderten erwartungsvoll den leicht ansteigenden Hügel hinauf. Je näher sie dem Haus kamen, umso lauter empfing sie das Stimmengewirr und das Lachen fröhlicher Menschen, die sich zu dieser Mittagsstunde im Mai zur toskanischen Tafelrunde in der Fattoria la Vialla versammelten.

Anna war überglücklich. Seit vielen Jahren träumte sie davon, eine Reise in die Toskana zu unternehmen und die Fattoria zu besuchen, deren erlesene Produkte aus der biologisch-dynamischen Landwirtschaft seit Jahren regelmäßig sorgfältig verpackt bei ihr eintrafen und toskanisches Lebensgefühl ins Haus brachten: eine Fülle von Pasta und Soßen – Spaghetti, Tagliatelle, Tubettini, Fusilli, Linguine, Penne, Pici, Pappardelle, Sugo Pomarola, Sugo alle Melanzane, Sugo Bombolino –, Pappa al Pomodoro, Peperonata Dolce, eingelegte Artischocken, Aceto Balsamico, Olivenöl extravergine und vor allem der unübertroffene 1400 Gramm schwere Laib Pecorino: eine Delikatesse! Und dann die belebende Selektion an Weinen aus den Trauben der Toskana: Barricato, Sangiovese 100 %, Chianti Riserva, rosa Rosa, Vernaccia di San Gimignano, Mussantino, Vin Santo und Grappa di Vin Santo und Grappa di Chianti – beide nur zur Weihnachtszeit erhältlich –, ebenso wie der köstliche Weihnachtskuchen Panettone und la Finocchiona – die Fenchelsalami!

Anna war als langjährige Stammkundin zum toskanischen Mittagessen ins Landhaus La Vialla eingeladen worden. Heute wurden die ihr seit Jahren vertrauten Bilder und Geschichten der Kataloge der Fattoria endlich lebendig: die bewaldeten toskanischen Hügel, die Weinberge, Olivenhaine und Gemüsegärten, die steinernen Landhäuser, weidende Schafe, glückliche Hühner, lebensfrohe Menschen und die köstlichen Früchte ihrer Arbeit.

Anna freute sich, mit Maximilian da zu sein, und drückte fest seine Hand. Er umarmte sie zärtlich und hauchte in ihr rechtes Ohr: »Willkommen im Land der Etrusker. Diese Tage in der Toskana weihen wir der Liebe!«

Dann standen sie vor der mit rot-weiß-karierten Tischtüchern, roten und weißen Rosen, toskanischem Geschirr, Wein- und Wassergläsern, Karaffen und Brotkörben gedeckten Tafel, die für vierundzwanzig ausgewählte Gäste der Fattoria Platz bot.

Einige Gäste hatten sich schon an der Tafel niedergelassen, andere besichtigten noch das liebevoll restaurierte Landhaus La Vialla mit seiner geräumigen Landhausküche, in der es schon geschäftig zuging.

»Benvenuti, Anna und Maximilian! Ich habe Sie bereits erwartet! Jetzt ist unsere Tischgesellschaft komplett. Ich bin Stella, die Gastgeberin der heutigen Tafelrunde.«

Stella, eine aufgeweckte blonde Frau mit strahlend hellblauen Augen, begrüßte sie herzlich und führte sie zu einem reich gedeckten Buffettisch unter einer blühenden Linde. Ein junges Paar, das offenbar ebenfalls etwas verspätet eingetroffen war, schwelgte eben in der verlockenden Auswahl an Antipasti, die rund um einen mit Eiswürfeln und Sektflaschen gefüllten Messingtopf angerichtet waren: verschiedene Crostini toscani mit Geflügelleber, fein gewürfelten Tomaten, Oliven-Paté oder grüner Soße, eingelegte Artischocken und kleine getrocknete Tomaten, junger Pecorino mit Peperonata dolce und toskanische Salami.

»Unser Antipasti-Buffet für Sie! Darf ich Ihnen einen Willkommenstrunk anbieten?«

Stella fischte eine eisgekühlte Flasche *Mussantino*, Vino Frizzante Extrasecco aus dem Messingtopf und angelte dazu ein Glas *La Fragolina*, ein Püree aus frischen Erdbeeren. Sie goss das duftende Erdbeerpüree in einen Glaskrug, schickte den Korken der Flasche mit einem wohl tönenden »Plop« auf die Reise in den Weingarten und ließ den *Mussantino* schäumend in den Glaskrug fließen, wo sich der Frizzante mit der *Fragolina* vermählte.

»Das ist ein Klassiker im Hause La Vialla!«

Stella präsentierte stolz beiden Paaren den frisch zubereiteten Willkommenstrunk, »ein erfrischender perlender Aperitif mit einem betörenden Duft …«

»… und einer erotischen Farbnote«, setzte Maximilian lustvoll hinzu. »Die Erdbeere war schon immer ein Symbol der Lust und der Liebe in der Kunst.«

»Sie war auch ein klassisches Attribut der Liebesgöttin Venus!«, überraschte Anna den Koautor ihres gemeinsamen Buches über die Liebe.

»Salute!«

»Salute!«

»Salute!«

»Salute!«

Vier beschwingte Gäste stießen mit klingenden Gläsern auf die Liebe an.

»A tavola! Zu Tisch!« Der einladende Ruf Stellas verkündete den Beginn der toskanischen Tafelrunde.

Die bunt zusammengewürfelte Gesellschaft wurde durch handgeschriebene Namenskärtchen auf dem Tisch zu einer zufälligen Tischordnung zusammengeführt.

Anna und Max und das junge Paar vom Buffettisch – Andreas und Lisa – waren in der Mitte der Tafel einander gegenübersitzend platziert worden. Jetzt begann das wechselseitige Vorstellen und Bekanntmachen der Tischnachbarn, ein fröhliches Händeschütteln oder Kopfnicken nach links und rechts, nach hüben und drüben. Namen schwirrten hin und her und ein wissendes Lächeln war das verbindende Markenzeichen der toskanischen Tischgesellschaft: »Wir alle sind hierher gekommen, um toskanische Lebensfreude zu erleben! Salute!«

Stella beobachtete das heitere Zusammenfinden der Gäste mit Vergnügen und kündigte *La Ribollita* an, das typisch toskanische Eintopfgericht – traditionell entstanden aus dem Rest der Brotsuppe vom Vortag, die mit dem Gemüse des Nutzgartens, Tomaten, Kartoffeln, Bohnen, Kohl, Karotten, Zwiebeln, Sellerie, Petersilie und Knoblauch, im Holzofen »wieder aufgekocht« wurde: »ribollito«.

»Die fleißigen Toskaner, die es gewohnt waren, den Tag mit Entschlossenheit zu beginnen, haben *La Ribollita* auch schon zum Frühstück gegessen«, erklärte Stella die toskanische Tradition und Lebensart.

Toskanisch entschlossen löffelte die Tischgesellschaft einträchtig das herzhafte Eintopfgericht, entschlossen verkosteten die Gäste den dazu servierten *Bianco Valdichiana 2009* und lauschten den begleitenden Worten ihrer Gastgeberin:

»Der Weinberg *Poggio Rione*, auf dem die Trauben dieses Weißweins angebaut werden, liegt auf den Hügeln südlich von Arezzo über dem weitläufigen Talkessel Valdichiana, der bereits zu Zeiten unserer Urahnen, der Etrusker, aufgrund seiner Fruchtbarkeit berühmt war. Sie können den *Bianco Valdichiana* mit geschlossenen Augen riechen und werden den Duft von Ginster, Lavendel und weißen Blumen erkennen, die rund um die Weinberge blühen.«

Annas rechte Tischnachbarin Eva, eine Unternehmerin aus München mit lustigen Augen, wandte sich ihr begeistert zu.

»Einfach herrlich, diese Ribollita! Herrlich einfach!«

Anna nickte fröhlich: »Ich bin fasziniert von der Einfachheit und dem guten Geschmack der Gerichte, mit denen Großmütter und Mütter ihre Familien hier bekochen.«

Anna stieß schmunzelnd einen kleinen Seufzer aus.

»Du hast offensichtlich auch Kinder, die immer hungrig sind und den ganzen Tag am liebsten essen wollen!«, ahnte Eva.

Anna lachte.

»Zwillinge! Ein Bub und ein Mädel und immer wieder Überraschungsgäste, die sie zum Essen mitbringen.«

Eva lächelte wissend: »Ja, ja, das kenne ich. Meine Kinder sind allerdings schon erwachsen. Doch es hat Zeiten gegeben, da hätte ich am liebsten eine Köchin der Fattoria bei mir zu Hause gehabt.«

Eva und Anna begannen, weit entfernt vom Alltag zu Hause, über ihre Erfahrungen der Kindererziehung, über Probleme und Herausforderungen zu plaudern. Mit großer Freude entdeckten sie viele Gemeinsamkeiten.

Beide Frauen waren als Unternehmerinnen tätig, beide hatten versucht, alles unter einen Hut zu bringen.

Beide standen an einem Wendepunkt in ihrem Leben.

»Ich habe mich nach fast zwanzig Ehejahren wie ein Vogel im goldenen Käfig gefühlt, der langsam stirbt. Vielleicht kennst du das, Eva: ein schönes großes Haus, ein wunderbarer Garten, entzückende Kinder, scheinbar perfekte Ehe, Erfolg im Beruf. Es scheint alles so perfekt, wie im Bilderbuch!«

»Und es ist so weit davon entfernt!«, vollendete Eva Annas Ausführung.

»Ja! Ich habe erkannt, dass ich ehrlich zu mir selbst sein muss! Wenn die Lebensfreude zugunsten der Perfektion in Haus und Garten und Unternehmen geopfert wird, wenn du von all den Aufgaben aufgezehrt wirst, wenn die Liebe nicht mehr spürbar ist und gelebt wird, wenn dein Leben von Eifersucht und Kontrolle dominiert wird und wenn es keine Bereitschaft des Partners gibt, etwas zu ändern, dann ist ein Wendepunkt erreicht. Dann gilt es Entscheidungen zu treffen. Ich habe mich für die Scheidung entschieden.«

Eva sah Anna bewundernd an.

»Du beschreibst deine Lebenssituation sehr klar und ehrlich. Das ist selten. Wieso bist du so ruhig, so stark?«

Annas Augen strahlten. Sie blickte nach links und lehnte sich etwas zurück, sodass Eva Max an ihrer Seite sehen konnte. Er war mit seinen hübschen Tischnachbarinnen lebhaft in ein Gespräch über das Leben der Etrusker vertieft.

»Liebe auf den ersten Blick macht stark und beflügelt!«

Anna hatte ihr Geheimnis offenbart.

»Wie im Märchen!«

»Ja, aber wahr!«, wiederholte Anna versonnen.

»Ich beginne ein neues Leben, auch wenn es nicht leicht sein wird.«

Eva nickte: »Ich kann dich gut verstehen. Dein freies und gesundes Leben steht über allem. Schließlich freuen sich auch deine Kinder, wenn du wieder glücklich und gesund bist!«

Anna blickte Eva dankbar an: »Du kannst gut fühlen, was ich fühle!«

»Ja, weil ich ebenso an einem Wendepunkt in meinem Leben stehe wie du! Stefan und ich haben in den letzten Monaten sehr viel über unser Leben und unsere Zukunft nachgedacht und auch heftig über eine Trennung diskutiert.«

Eva sah den Mann an ihrer Seite lange an. Stefan unterhielt sich mit dem ihm gegenübersitzenden alten Mann mit weiß gelocktem Haar über Yoga. Stefan wirkte sympathisch, sportlich und nachdenklich.

»Ich war jung, als wir uns kennengelernt haben. Im Abstand von nur zwei Jahren sind unsere beiden Söhne, dann, drei Jahre später, unsere Tochter zur Welt gekommen. In dieser Zeit haben wir unseren Verlag gegründet und gemeinsam in einundzwanzig Jahren erfolgreich aufgebaut.«

»Wie hast du das alles geschafft?«

»Mit vereinten Kräften und unterschiedlichen Aufgaben. Stefan war immer Geschäftsführer. Er hat unsere Aufgabenbereiche streng abgegrenzt. Er hat die Führungsrolle im rasch wachsenden Unternehmen mit viel Engagement übernommen und den Kontakt zu den wichtigsten Autoren aufgebaut. Das macht ihm Spaß – auch heute noch! Im Laufe der Jahre haben sich zahlreiche private Freundschaften mit seinen Autoren entwickelt.«

»Und was war deine Rolle im Unternehmen?«

»Anfangs ›Mädchen für alles‹ im Verlag und gleichzeitig Mutter und Hausfrau. Je älter und selbstständiger die Kinder wurden, desto mehr konnte ich im Verlag mitarbeiten. Seit vielen Jahren betreue ich die Produktion unserer Verlagsprodukte und bin das Bindeglied zwischen den Autoren und den kreativen Gestaltern, Druckern und Buchbindern, die schließlich aus einem Manuskript ein Buch machen«, erklärte Eva.

»Deine Arbeit klingt spannend!«

»Ja, die Arbeit liebe ich. Doch wenn du jeden Tag von früh bis spät mit deinem Mann gemeinsam im Unternehmen tätig bist, siehst du nur mehr die Verlagsarbeit und die Vielfalt des Lebens geht verloren.«

Eva machte ein leicht zerknirschtes Gesicht, um ihre Aussage zu unterstreichen, und erzählte weiter: »Lebensfreude, Humor, Begehren, Lust und Leichtigkeit – all das, was uns zu Beginn unserer Liebe als Frau und Mann wichtig gewesen ist, ist in unserem Leben nach und nach verloren gegangen. Projekte, Besprechungen, Termine, Bilanzen und Alltägliches haben unser Leben bestimmt. Am Abend sind wir todmüde und erschlafft ins Bett gefallen. Kein Gedanke an Liebe und Lust.«

»Ich kenn das. Du fühlst dich wie im Niemandsland, nicht wie im Paradies, von dem du einmal geträumt hattest.« Anna erinnerte sich, wie sie selbst nach langen Tagen in der Galerie und auf Vernissagen ausgelaugt, müde und völlig erschöpft ins Bett gesunken war.

»Mir ist schließlich klar geworden, dass ich an einem Wendepunkt angelangt war. Unsere Tochter steht vor der Matura, die Söhne sind erwachsen und arbeiten bereits im Unternehmen mit. Wie sollte es mit Stefan und mir weitergehen?«

Eva zog fragend die Augenbrauen hoch, als hätte sie sich diese Frage eben gestellt.

»Ich wollte nicht länger ertragen, dass unsere Ehe endgültig zu einem nüchternen und gefühllosen Nebeneinander von Geschäftspartnern verkommt. Ich will wieder Frau sein und die Liebe leben.

Es hat deshalb oft heftige Diskussionen gegeben, wir hatten immer wieder Streit und keine Zeit mehr für Zweisamkeit! Wir haben einander keine Zeit mehr geschenkt und nichts mehr gemeinsam unternommen. Wir haben sogar am Samstag und Sonntag im Büro gearbeitet.«

»Das ist zu viel!«, unterbrach Anna spontan.

Eva nickte und betonte: »Das war zu viel! Wir haben nicht einmal mehr unsere Probleme, Sehnsüchte und Wünsche miteinander besprochen. Der Wunsch nach Trennung war für uns beide heftig spürbar.«

Anna hörte Eva aufmerksam zu.

»Schließlich haben wir beschlossen, dass jeder von uns in Ruhe und alleine über sein Leben und seine Zukunft nachdenkt. Jeder hat frei entschieden, wie er diese Zeit verbringen möchte. Als Treffpunkt danach haben wir einen ganz besonderen Ort vereinbart: die Fattoria La Vialla in der Toskana.«

Über Evas Gesicht huschte ein Lächeln und sie fuhr fort: »Ich bin mit einer Freundin den Pilgerweg von Florenz nach Assisi gegangen. Ich wandere gerne und habe gehofft, dass das Gehen eines Pilgerweges mir hilft, mich und mein Leben in Bewegung zu bringen und Veränderungen zu bewirken.«

»Und dein Mann?«, fragte Anna interessiert.

»Stefan wollte gerne am Gardasee surfen und Yoga praktizieren. Er sagt immer, dass Yoga ihm hilft, sich zu entspannen, Stress abzubauen, zu innerer Ruhe und einer guten Konzentration zu kommen und allgemein ein besseres Lebensgefühl zu erreichen.

Yoga ist für Stefan ein Weg der Vervollkommnung, ein Weg der Verwirklichung seiner Seele.«

Anna spürte bei Evas Worten, dass sie keinen Zugang zu dieser fernöstlichen Lebensphilosophie hatte, aber Stefans Begeisterung für Yoga respektierte.

»Wie war dann euer Zusammentreffen hier in La Vialla?«

Eva schmunzelte.

»Wir haben uns vor drei Tagen hier getroffen. Es war sehr aufregend. Ich war so nervös wie bei unserem ersten Rendezvous vor mehr als zwanzig Jahren! Stefan war ebenso aufgeregt wie ich.«

Anna lebte bei Evas Erzählung mit. Sie wartete gespannt auf ein Happy End.

»... Und fanden die Pilgerin und der Yogaschüler wieder zueinander, küssten sie sich und beschlossen sie ein Leben in Liebe zu leben?«

»Es hat uns beiden gutgetan, auf getrennten Wegen über uns selbst und unser Zusammenleben nachzudenken«, antwortete Eva mit spürbarer Erleichterung.

»Wir haben wieder Verständnis füreinander gefunden. Wir haben in diesen Tagen in La Vialla offen und ehrlich unsere Sorgen und Nöte, unsere Wünsche und Sehnsüchte besprochen! Wir haben in der toskanischen Landschaft unsere Liebe zu neuem Leben erweckt. Wir wollen gemeinsam einen neuen Lebensweg beschreiten!«

Evas Bekenntnis zum gemeinsamen Lebensweg beeindruckte Anna.

»Ich freue mich für dich!«

»Danke. Ich weiß aber auch, dass wir noch einen schwierigen Weg vor uns haben, wie auch du.«

Anna und Eva fühlten ihre innere Verbundenheit.

»Glaubst du an die Liebe auf den ersten Blick, Eva?«

Eva dachte nach.

Just in diesem Augenblick drehte sich Stefan zu den beiden Frauen hin und hob lachend das Glas.

»Wir glauben an die Liebe auf den zweiten Blick!«

Stefan und Eva sahen einander liebevoll an.

Anna prostete den beiden zu: »Möge die Übung gelingen!«

Stella verteilte einige frisch geöffnete Flaschen *rosa Rosa 2009* auf der Tafel, rief den plaudernden Gästen zu: »Rosige Zeiten! Die Lasagne ist fertig«, und zauberte mit den beiden Köchinnen die ofenfesten Schüsseln mit duftender Lasagne verde und Lasagne rosso auf den Tisch.

Andreas füllte Lisas Glas mit dem rosigen Wein und prostete ihr lächelnd zu: »Auf rosige Zeiten!« »Auf rosige Zeiten!«, strahlte Lisa zurück und lächelte geheimnisvoll wie Leonardos weltberühmte Mona Lisa.

»Darf ich gratulieren?«, freute sich Max mit dem jungen Paar und prostete ebenfalls: »Auf rosige Zeiten! Es lebe die Liebe!«

»Es lebe die Liebe!«, tönte es von mehreren Seiten der Tafelrunde und in den hoch erhobenen Gläsern funkelte der rosafarbene Wein verheißungsvoll.

»Es lebe die Liebe!«

Auch Stefan und Eva hatten sich dem Chor angeschlossen. »Die Liebe auf den ersten und die Liebe auf den zweiten Blick!«

Anna lachte herzlich und freute sich mit dem Münchner Paar, das im Land der Etrusker die Liebe wiedergefunden hatte.

»Gibt's bald eine Hochzeit?«, wollte Chafra, Maximilians vollbusige Tischnachbarin, wissen. Sie gondelte mit ihrer Freundin Friederike seit einigen Tagen in einem gemieteten Cabrio durch die Toskana, hatte die schicken Designer-Outlets in Valdarno mit »Schnäppchen« von Gucci, Armani, Prada, Yamamoto und anderen abgegrast und freute sich über die neu erworbenen Schätze, die sie stolz zur Schau trug: ein schulterfreies, tief ausgeschnittenes, weißes Sommerkleid mit locker verteilten Blütenmustern, enger Taille und schwingendem Minirock, der ihre langen Beine gut zur Geltung kommen ließ; zierliche, hoch geschnürte Sandalen, die mit schmalen Lederstreifen ihre Waden schmückten und an die Kunst der etruskischen Schuhmacher erinnerten, und modische Armreifen als Schmuck der nackten Arme. Mit ihren mandelförmigen dunklen Augen und dem über die Schultern herabschlängelnden, schwarzen Haar wirkte Chafra wie eine Etruskerin auf Zeitreise ins 21. Jahrhundert, die sich angeregt und freizügig beim Festmahl unterhielt, von ihren toskanischen Erlebnissen erzählte und mit ihrer blonden Gefährtin Friederike das lang ersehnte Abenteuer einer Urlaubswoche in der Toskana genoss.

Friederike hatte zur Feier des Tages ein sienarotes, bodenlanges Chiffonkleid mit hellen stilisierten Blattornamenten ausgewählt, das unter ihrem Busen geschnürt war, ihre schlanke Gestalt fließend umschmeichelte und Schultern und Arme ebenfalls unbedeckt ließ.

»Man soll die Feste feiern, wie sie fallen! Für uns ist dieser Tag ein Fest!«, freute sich Friederike und umarmte Chafra.

»Für uns beide auch«, beantwortete Andreas jetzt Chafras Frage nach einer Hochzeit, von der die beiden hübschen Freundinnen vielleicht auch schon träumten.

»Wir feiern Lisas Geburtstag!«

Mona Lisa lächelte etwas verlegen, als plötzlich die Tischrunde aufmerksam geworden war und ihren Geburtstag spontan mit einem aus vollen Kehlen tönenden Geburtstagslied feierte.

»Auguri, Auguri! Auguri!« und »Happy Birthday to you!«

Andreas streichelte Lisa liebevoll über die Wange und krönte das Geburtstagslied der Tischgesellschaft mit einem zärtlichen Kuss auf Mona Lisas Lippen.

›Toskanische Turteltauben‹, dachte Max. *Ach, dass sie immer grünen bliebe, die schöne Zeit der jungen Liebe!*

Stella überreichte dem Geburtstagskind eine Flasche *Vino Novo* mit den Worten »Jung, frisch, viel versprechend!«, und auch die zusammenwachsende und feiernde Tischgesellschaft wurde nun mit dem Jungwein der Fattoria beglückt.

Lisa war Kunststudentin, hatte mit ihrem Freund Andreas Florenz, die ruhmreiche Stadt der Künstler und der Künste, besucht, ehrfürchtig die Sammlungen der Uffizien durchwandert und feierte nun ihren sechsundzwanzigsten Geburtstag in dieser fröhlichen Runde inmitten der Weinberge an den Hängen des toskanischen Apennins. Sie sprach nicht viel, beobachtete die bunte Gesellschaft aufmerksam und lächelte glücklich und geheimnisvoll zugleich. In ihrem Kopf kreisten viele Gedanken über die Kunst der Liebe, ein Leben in harmonischer Zweisamkeit und Lebensentscheidungen, für die die Zeit reif war.

»Auf meine geheimnisvolle Mona Lisa!« Andreas hielt das Glas mit dem *Vino Novo* gegen die Sonne, bewunderte das purpurne Rot des neuen Weines, atmete das Bouquet von reifen Früchten und frischen blumigen Noten ein und ließ den guten Tropfen mit leicht erhobenem Haupt über Zunge und Gaumen gleiten.

»Jung, frisch, vielversprechend! Und voll Eleganz und Anmut – wie mein Schatz!«, vollendete Andreas seine Weinverkostung mit einer Liebeserklärung, die eine zarte Röte in Mona Lisas Wangen zauberte.

»Ich wünsch euch beiden viel Glück!«, schloss sich die Tischnachbarin der Turteltauben den Glückwünschen an.

»Ihr passt gut zusammen, sagt mir mein Gefühl. Ihr seid liebevoll zueinander, wie man es den Etruskern nachsagt. Hütet dieses Feuer!«

Andreas und Lisa blickten staunend und erfreut zugleich in die Augen der unbekannten Frau, die so vertraut zu ihnen gesprochen hatte. Sie hatte einen verklärten Ausdruck in ihrem Gesicht, das ungeachtet der Spuren des Lebens, die sich darin abzeichneten, frisch und jugendlich wirkte. Eine lebensfrohe Lebendigkeit und die Weisheit des Alters verliehen ihr ein bewundernswertes Aussehen. Sie hatte sich lebhaft an den Gesprächen der Tischrunde beteiligt, viel gelacht und trank die dargebotenen Weine der Fattoria mit sichtlicher Freude.

»Ich hatte das Glück, die Liebe ein Leben lang zu erleben. Zuerst als zartes Pflänzlein und dann stetig wachsend und wachsend, immer genährt vom Feuer der Liebe!«, begann Victoria aus ihrem Leben zu erzählen.

»Mein Mann war von der ersten Stunde unseres Zusammenfindens an immer liebevoll, aufmerksam, fürsorglich und leidenschaftlich – und das bis zu den letzten Tagen seines Lebens. Und ich habe ihn bis zuletzt innig geliebt. Wir haben unsere letzte Nacht eng umschlungen wie Romeo und Julia verbracht und voneinander Abschied genommen.«

Victoria stockte in ihrer Erzählung, hatte Tränen in den Augen und war sichtlich in ihren Gedanken bei ihrem Liebsten. In seine Arme gewandert, seine Liebkosungen spürend und die Welt rundherum vergessend.

Lisa und Andreas, Maximilian und Anna, Eva und Stefan, Chafra und Friederike und die anderen im Umkreis Sitzenden, die der Lebensgeschichte Victorias berührt gelauscht hatten, fühlten, dass diese bewundernswerte Frau an ihrem Tische in einfachen Worten das Geheimnis der Liebe offenbart hatte.

Auch Maximilian wischte sich eine Träne der Rührung aus den Augen. Er war ein Mann, der sich nicht schämte, seine Gefühle zu zeigen.

Lisa umarmte Victoria spontan und küsste sie auf ihre Wange.

»Danke. Das war mein schönstes Geburtstagsgeschenk!«

Andreas nahm beide Frauen in seine Arme und sagte:

»Ich will dem Vorbild deines Mannes folgen.«

»Das ist schon fast ein Heiratsantrag!«, tönten Chafra und Friederike im weiblichen Duett und lachten herzlich bei dem Gedanken, dass die Zeit reif war für die schicksalhafte Begegnung mit dem Mann ihres Herzens.

Victoria hatte sich gefasst, war wieder in die Welt der fröhlichen Tischgesellschaft zurückgekehrt und hob jetzt ihr Weinglas.

»Auf die Liebe!«

»Auf die Liebe!«, schallte es jetzt aus allen Kehlen. Die toskanische Lebensfreude war überall gegenwärtig. Das gemeinsame Mahl ließ alle Herzen höher schlagen.

Die am Tisch verteilten Schüsseln glänzten in der Nachmittagssonne, leergefegt von Freunden der Toskana.

Nicht ein Stückchen der köstlichen Lasagne hatte überlebt.

Es war Zeit für Stella, den Hauptgang auftragen zu lassen.

»Ich liebe dich!«

Anna zog Max lachend zu sich und küsste ihn vergnügt und selbstbewusst auf den Mund.

»Ich liebe dich, auch wenn du dauernd mit deinen etruskischen Tischgefährtinnen schäkerst.«

»Sie haben sich sehr aufmerksam um mein leibliches Wohl gekümmert«, gestand Maximilian, »und mir nach etruskischer Art die besten Happen der Kräuterlasagne zugeschoben.«

»Welch ein Glück, dass ich nicht eifersüchtig bin!«

»Welch ein Glück, dass du keinen Grund zur Eifersucht hast! Du bist die einzige Etruskerprinzessin in meinem Herzen: Anna Etrusca, die Erste!«

»Ich weiß, dass du ein großes Herz hast, Max.«

»Alles reserviert für die Erste und Einzige.«

Jetzt küsste Max Anna fröhlich auf den Mund.

»Attenzione! Heiß!«, tönte es im nächsten Augenblick an die Ohren der Verliebten.

Stella und die beiden Köchinnen Adriana und Preziosa trugen wie im Triumphzug die Schüsseln mit *Agnello in Umido* und *Patate al Rosmarino* aus der Landhausküche herbei.

Ein kulinarischer Höhepunkt für die toskanische Tischgesellschaft!

Die gebratenen Rosmarinkartoffeln verströmten einen köstlichen Duft, das geschmorte Lamm wurde von den Gastfreunden andachtsvoll aus den Schüsseln gehoben und auf die Teller gebettet. Eine Kolonne dunkler, seit Langem geöffneter Weinflaschen folgte den Schüsseln und wurde freudig von freiwilligen Mundschenken zur Verteilung übernommen. *Riserva* stand in blauem handschriftlichem Schriftzug auf den Etiketten. *Casa Conforto Chianti 2007.*

Freudige Zurufe grüßten die Köchinnen und ihre Küchenschätze, alle halfen mit beim Anrichten und Vorlegen der Speisen, der rubinrote *Chianti Riserva* wurde gekonnt und treffsicher in die Weingläser ausgeschenkt und zur Begleitung des Mahls schwebten jetzt vom Ende der Tafel Gitarrenklänge über die Gesellschaft – ein Hauch toskanischer Liebeslieder, die Giuditta, eine junge Künstlerin aus Pistoia, eben angestimmt hatte.

Alles passte zusammen: die sonnige toskanische Landschaft mit ihren Wäldern, Weinbergen und Olivenhainen, die fröhliche Gelassenheit und Einfachheit, mit der das Fest vor dem Landhaus La Vialla gefeiert wurde, die Freude der Tafelrunde an dem Erlebnis der toskanischen Gastfreundschaft und der Zauber der Liebe, den Giuditta mit sehnsuchtsvoller Stimme in ihren Liebesliedern lebendig werden ließ.

Sang sie von ihrem eigenen Schicksal, wenn sie mit traurigen Augen das alte Volkslied *Fontana che dai acqua* anstimmte und resignierend die Geschichte einer Frau erzählte, die zwei Männer liebte, aber erkennen musste, dass sie nicht beide glücklich machen konnte?

Saß sie deshalb einsam am Ende der fröhlichen Tafelrunde und suchte Trost in den Liedern, die sie gefühlvoll auf ihrer Gitarre begleitete?

Am anderen Ende der Tafel horchte ein Paar mit großer Aufmerksamkeit Giudittas Gesang zu. Die schlanke blonde Frau lehnte mit geschlossenen Augen selig lächelnd an der breiten Schulter ihres schwarz gelockten Mannes, der wie ein leidenschaftlicher Römer aussah und seiner Liebsten aus dem hohen Norden leise Wort für Wort des Liebesliedes übersetzte:

Fontana che dai acqua ai dui valuni
Correnti non ponn'esser tutti dui
Cru cru cru cru, canta la cruia,
Na donna che vol bene a dui gagliuni
Non le può far contenti tutti dui
Cru cru cru cru, canta la cruia.

Eine Quelle, die ihr Wasser an zwei Flüsse verteilt,
kann beide nicht füllen,
Eine Frau, die zwei Männer liebt,
kann nicht beide glücklich machen.
Cru cru cru cru, canta la cruia.

»Eine Frau kann zwei Männer lieben, aber nicht beide glücklich machen.« Wibke wiederholte schmunzelnd den Text dieses alten Liedes aus dem 15. Jahrhundert.

»Ich bin glücklich, dass du zu mir sofort Ja gesagt hast!«, flüsterte Alex seiner Liebsten zu. »Ich wusste, ich will mein Leben mit dir leben. Da musste ich schnell sein, bevor ein anderer Mann auftaucht.«

Er schaute Wibke spitzbübisch an und fuhr fort.

»Ich liebte dich in dem Augenblick, in dem ich dich zum ersten Mal gesehen habe!«

Wibke lachte, richtete sich auf und sah Alex an.

»Und vierzehn Tage später hast du mich nach Gibraltar zum Standesamt entführt.«

»Und du hast freudigst ›Ja!‹ gesagt, Wibke, mein Weibchen.«

Das lag siebzehn Jahre zurück.

Daphne und Felix hörten amüsiert die Liebesgeschichte ihrer Tischnachbarn. Vielleicht spiegelte sich auch eine Frage in Daphnes Gesicht, denn Wibke sah sie an und antwortete lachend:

»Wir haben nicht viel nachgedacht!«

»Wir waren jung und studierten Medizin. Wir reisten ohne Geld, mit einem Rucksack für das Nötigste. Und ist es nicht wunderbar, dass wir uns heute noch immer so innig und leidenschaftlich lieben, wir an unserem ersten Tag?« Alex sprach offenherzig und sah seine Frau bewundernd an.

»Wibke und unsere vier kleinen Mädchen sind mein Glück!«, betonte er stolz.

»Ja, Alex liebt die Kinderleins!«

Sie erzählten vom turbulenten Familienalltag und der bevorstehenden Übersiedelung in ein anderes Land.

»Wir wissen noch nicht, wo wir landen werden. Ich denke, Veränderung ist Teil des Lebens. Das gehört einfach dazu«, stellte Wibke pragmatisch fest. »Wir gehen mit Alex dorthin, wohin er möchte.«

»Liebe verleiht Flügel und überwindet auch Ozeane«, sagte Daphne mit einem entzückenden spanischen Akzent.

Die temperamentvolle junge Mexikanerin mit dem langen, schwarz glänzenden Lockenhaar hatte den großen hellblonden Jüngling in der rauchschwangeren Nachtluft einer Disco in Mexico City entdeckt: ein Leuchtturm am anderen Ende des überfüllten Musiktempels. Ein Junggeselle, allein auf seiner Reise rund um die Welt, die er liebte und mit wachen Sinnen entdeckte und erforschte.

Dann sah er SIE, umrundet von Freundinnen, lebensfroh, übermütig, strahlend schön und verlockend.

»Es war Liebe auf den ersten Blick«, strahlte Daphne immer noch, als sie dem alten Mann an ihrer Seite ihre Geschichte erzählte. »Jetzt sind wir schon zwei Jahre verheiratet und ich bin glücklich, mit Felix zusammenzuleben!«

»Wir teilen unser Glück«, ergänzte Felix, »für mich ist Daphne wie eine Sonne, die mein Leben erwärmt und erhellt.«

»Ihr seid wahrhaftig vom Glück gesegnet. Liebe kann nur leben und blühen, wenn Frau und Mann dafür offen und bereit sind – vom ersten Augenblick an«, philosophierte nun der alte Mann mit dem lockigen, weißen Haar und den wissend lächelnden Augen.

Niemand hatte seinen Namen gehört, niemand hatte bemerkt, dass der weiß gekleidete Gast bisher sehr wenig gesprochen, aber die Tafelrunde sehr genau beobachtet hatte. Er wirkte sympathisch, weise und ein wenig so, als würde er aus einer anderen Welt hierher gekommen sein.

»Ich will euch eine Geschichte erzählen«, versprach der alte Mann, »eine Geschichte von der Sehnsucht nach der Liebe, die selbst Götter erfasst.«

Seine kräftige Stimme war bei der Ankündigung seiner Geschichte ein wenig lauter geworden und hatte die Aufmerksamkeit der Tischgesellschaft gewonnen.

Der Hauptgang des Festmahls war beendet, Giuditta hatte den Reigen ihrer Liebeslieder mit einem fröhlichen Gesang über die Liebe der Hirtin und des Jägers abgeschlossen und lockte nun spielerisch improvisierte Klänge von den Saiten ihrer Gitarre.

Körbe mit frisch gepflückten, reifen, roten Erdbeeren wurden aufgetragen und mit freudigem »Aah« und »Ooh« der Gäste begrüßt, süße *Cantucci* und *Viallini* aus der Bäckerei der Fattoria begleiteten den *Vin Santo*, der zum Abschluss serviert wurde: der Stolz der Winzer von La Vialla, ein Zeichen der Gastfreundlichkeit und Herzlichkeit, der toskanische Wein der Freundschaft.

Stella füllte zuerst das Glas des alten Mannes mit dem bernsteinfarbenen Vin Santo und blickte ihn versonnen an.

»Ich freu mich auf deine Geschichte. Ich höre sie immer wieder gerne!«

Der alte Mann strich sich durch sein lockiges, weißes Haar, hob das Glas mit dem edlen Wein und blickte in die Tafelrunde. Seine strahlenden Augen grüßten jeden einzelnen der toskanischen Gastfreunde. Als er in Victorias Augen blickte, hielt er inne und sagte:

»Dir, Victoria, widme ich den ersten Schluck des Vin Santo. Er ist ein besonderer Schatz aus dem Weinkeller, behütet und gereift wie die Liebe, von der du erzählt hast. Salute!«

»Salute!«, tönte es aus der Tafelrunde zurück zu dem Erzähler, der nun die Geschichte von der Sehnsucht nach der Liebe zu erzählen begann.

»Das ist die Geschichte der ersten Liebe Apolls, des Gottes des Lichtes und der Erleuchtung, der den Menschen als Göttergaben die Dichtkunst, die Musik und die Heilkunst gebracht hat.«

Der alte Mann schaute zum Himmel, als wolle er den Gott der Dichtkunst begrüßen, und begann in Hexameter-Versen zu sprechen:

»Grad sprach Apollo zu mir: Du Sänger des lockeren Amor,
An mein heiliges Haus führe die Schüler heran,
Dort, wo die Inschrift steht, die, berühmt rings über den Erdkreis,
Jeglichem Menschen selbst sich zu erkennen befiehlt.
Wer sich selber erkennt, nur der wird lieben mit Weisheit
Und nach der eigenen Kraft regeln ein jegliches Werk.«

Der Erzähler schaute auf die andere Seite der Tafel zu Anna und fuhr fort:

»Wer ein schönes Gesicht von Natur hat, lass es auch sehen,«

und zu Chafra und Friederike gewandt:

»Wer die Haut dafür hat, zeig oft die Schulter beim Mahl.«

Mit einem schmunzelnden Blick zu Max:

»Wer durch Sprechen gefällt, der vermeide ein längeres Schweigen,«

Und dann an die Tafelrunde gerichtet:

»Singe, wer singt mit Geschick, trinke, wer trinkt mit Geschick!
Dies war Apollos Gebot; tut nun, was der Gott Euch gebietet:
Lautere Wahrheit enttönt seinem erhabenen Mund.«

»Bravo! Bravo!« Die toskanische Tafelrunde applaudierte dem Dichter und ließ sich freudig in eine längst vergangene Welt entführen, deren Botschaft auch heute noch Gültigkeit hatte.

Alle nahmen einen guten Schluck des Vin Santo – wie es der Gott empfohlen hatte –, alle lauschten den Versen, die der Dichter ihnen vortrug. Er sah die schwarz gelockte Daphne an seiner Seite lächelnd an und begann:

»Daphne, des Flußgottes Kind, war die erste Liebe Apolls; nicht
Blinder Zufall schuf's. – Nein: wilder Zorn des Gotts Amor.
Er nahm aus dem Köcher zwei seiner Pfeile, entgegengesetzter
Wirkung: der eine erweckt, es vertreibt der andre die Liebe.
Der sie erweckt, ist von Gold und funkelt mit schneidender Spitze,
Der sie vertreibt, ist stumpf, und Blei verbirgt sich im Schafte.
Diesen heftet der Gott auf das Kind des Flußgotts, doch jenen
Jagt er Apoll durchs Gebein und trifft ihn im innersten Marke.

Liebte der Eine sogleich, die Andere flieht schon beim Worte
›Lieben‹, freut sich allein, wie die unvermählte Diana,
Keinen Gedanken gewandt an Hochzeit, Liebe und Ehe.

Apollo liebt, sieht Daphne, begehrt sich mit ihr zu vereinen,
Wie ein Brand die Halme verzehrt, wenn die Ernte geschnitten,
So entflammt die Liebe den Gott, so durchglüht das Verlangen
Heiß seine Brust; und ernährt mit eitlem Hoffen das Feuer.
Jetzt beschaut er ihr Haar, das schmucklos den Nacken hinabwallt,
Fragt sich: Wie stünd' es geflochten? Er sieht ihre strahlenden Augen
Leuchten wie Sterne, er sieht die Lippen und, die nur zu sehen,
Dünkt ihn zu wenig; er preist ihre Finger, die Hände, die Arme,
Bloß, wie sie sind, bis fast zur Schulter hinauf, und er denkt sich
Besser noch, was verborgen ihm bleibt. Doch flüchtger als Windhauch
Eilt sie davon; sie hält ihm nicht stand, sie hört ihn nicht rufen:

›Nymphe, ich bitte dich bleib! Kein Feind ist es, der dich verfolgt.
Jupiter hat mich gezeugt, was sein wird, was war, und was ist, das
Kündet mein Mund, ich bin's, der die Saiten stimmt zu dem Liede.
Ich erfand die Arznei, es nennt mich den Helfer der Erdkreis
Rings; mir steht zu Gebot die Kraft der heilenden Kräuter.
Ach, dass von ihnen keins imstand ist, die Liebe zu heilen,
dass ihrem Herrn nicht hilft die Kunst, die so vielen geholfen!‹

Mehr noch hätt' er gesprochen, jedoch in Angst und in Eile
Floh sie und ließ ihn zurück mit der unvollendeten Rede.
So auch erschien sie schön. Der Wind entblößt ihre Glieder,
Flattern lässt ihr Gewand, entgegenströmend, sein Wehen,
Spielend erfasst und wirbelt sein Hauch zurück ihre Haare.
Reizender macht sie die Flucht; nicht weiter duldet der junge
Gott, mit Worten umsonst zu schmeicheln, und wie ihn die Liebe
Treibt, so jagt ihren Spuren er nach mit beschleunigten Schritten.

Schneller jedoch ist er, der verfolgt, beschwingt von der Liebe
Flügel gönnt er nicht Rast ihr noch Ruh und bedroht schon der Flüchtgen
Rücken, sein Atem streift die im Nacken flatternden Haare.
Schrecken erfasst sie da. Erschöpft von der Mühsal des wilden
Jagens versagt ihr die Kraft. Sie blickt auf die Flut des Peneus:
›Vater!‹, so ruft sie, ›hilf! Wenn Macht einem Flußgott gegeben,
Wandle, verdirb die Gestalt, durch die zu sehr ich gefalle!‹

Kaum hat sie so gefleht, da ergreift eine Starre die Glieder;
Zäher Bast umspinnt das Fleisch des geschmeidigen Leibes;
Wie als Blätter die Haare, so wachsen die Arme als Zweige;
Ebenso schnell noch, haften in steifen Wurzeln die Füße;
Wipfel nimmt ein das Gesicht. Ein Glanz nur bleibt über allem.

Apollo liebt sie noch jetzt; er legt an den Stamm seine Rechte,
Fühlt das Herz der Geliebten noch schlagen unter der Rinde;
Und es umschlingt sein Arm wie Glieder die Zweige, mit Küssen
Deckt er das Holz; und es weicht noch jetzt zurück vor den Lippen.

›Kannst du‹, so spricht der Gott, ›nicht mehr die Gattin mir werden,
Sollst mein Baum du doch sein. Es sollen, o Lorbeer, dich tragen
Stets meine Leyer, mein Haar, der Köcher; den römischen Feldherrn
Zierst du, wenn zum Triumph die frohen Rufe ihm schallen.
Und, wie mein jugendlich Haupt an den Locken die Schere nicht duldet,
Trage du immerfort den Schmuck des grünenden Laubes.‹

Apollo hatte geendet. Bejahend regte die jungen
Zweige der Lorbeer und schien wie ein Haupt den Wipfel zu neigen.«

Der alte Mann hatte aufgehört zu sprechen und strich sich durch sein weißes, lockiges Haar. Seine Wangen waren bei jedem seiner Verse ein wenig röter geworden, als wäre er selbst auf der Jagd nach der unerreichbaren Liebe gewesen. Rundum herrschte Stille wie im Weingarten, in dem alte Rebstöcke reiche Früchte trugen.

Der Dichter erhob sich langsam von seinem Platz unter dem Feigenbaum, blickte lächelnd auf die nachdenklichen Gesichter und steuerte auf die alte Zypressenallee zu, die geradewegs zu der weit im Westen stehenden Sonne führte.

»Ein Wort noch will ich euch allen hinterlassen aus meinem Gedicht *Die Kunst der Liebe:*

Wähle als Erstes dir aus, auf wen deine Liebe du richtest.
Dann ist das zweite Geschäft: Die Auserwählte erobern!
Aber das dritte, dass lang daure der zärtliche Bund!«

Der Dichter schritt erhobenen Hauptes die Zypressenallee hinab. Das lockige, weiße Haar des alten Mannes und seine weiße Gestalt lösten sich langsam im Licht der tief stehenden Sonne auf.

»Ovid, wir grüßen dich!«, rief Stella zum Licht. Sie lehnte sich an den Feigenbaum und blickte mit ihren hellblauen Augen zum Himmel.

»Der Dichter der *Metamorphosen*, des Buchs der Verwandlungen, beehrt uns immer wieder an Glückstagen wie diesem«, sagte sie lächelnd.

Die Tischgesellschaft folgte Stellas Blicken und suchte in Gedanken an die eben gehörten Verse nach einem Zeichen des Dichters am Abendhimmel.

Es wurde dunkel unter dem Feigenbaum. Stella war nicht mehr zu sehen. Die toskanische Tafelrunde löste sich auf.

Verliebte Paare wanderten in den Weinbergen auf verborgene Landhäuser zu, die ihre Gäste erwarteten.

Nur der Maler, der seinen Skizzenblock während des Festmahls dicht mit schnellen Zeichnungen gefüllt hatte, saß noch unter dem Feigenbaum, erfreute sich am Gitarrenspiel und Gesang Giudittas und arbeitete mit Eifer an einem Porträt der jungen Toskanerin.

Venus leuchtete am hellblauen Abendhimmel, der strahlte wie Stellas Augen.

Ein toskanisches Liebeslied klang himmelwärts zur Göttin der Liebe.

»*Amore che vieni amore che vai* ...«

»Liebe, die kommt, Liebe, die geht.«

DIE MÖWE

Anna war aus ihrem toskanischen Traum erwacht und blinzelte zum Wecker auf ihrem Nachttisch. Er hatte ebenso verschlafen wie sie selbst!

›Zehn Uhr vormittag! Ich muss raus!‹, schoss es Anna durch den Kopf. ›Um 10.30 Uhr sind der Kunstsammler und Christina in der Galerie angesagt! Jetzt aber los!‹

Auf Annas Waschtisch stand eine hochbeinige Möwe mit einer zierlichen goldenen Krone auf dem Kopf.

Maximilian hatte den weißen Vogel mit den überlangen, dünnen Beinen im Laden einer Künstlerin in Florenz entdeckt und ihn spontan Anna als Glücksbringer für ihren Flug in die Freiheit geschenkt.

»Fühle dich wie die weiße Möwe, die zum Abflug bereit am Meeresstrand steht und sich bald über die Brandung hinweg hoch in die Lüfte erhebt. Ich wünsch dir viel Glück bei deinem Flug in die neue Welt! Lass dich auch nicht von widrigem Wetter und Gegenwind von deinem Kurs abbringen.«

Anna nahm ihre Möwe behutsam in beide Hände und flüsterte ihr zu: »Wir fliegen bald los!«

Dann eilte sie wie im Fluge in die Galerie, traf Christina und den Sammler vor dem Eingang, öffnete schwungvoll das alte Gittertor und begrüßte die Wartenden mit einem entwaffnenden Lächeln: »Heute ist der richtige Tag, um Christinas Kunst zu bewundern.« Sie spürte die toskanische Lebensfreude stark und frisch in ihrem Innersten und erinnerte sich an Stellas Erzählung, dass die Toskaner den Tag mit Entschlossenheit begannen. Zwar hatte sie heute Morgen nur einen schnellen Espresso getrunken und sich nicht mit einer Ribollita stärken können, aber es machte ihr einfach Freude, dem Sammler die Werke ihrer Künstlerfreundin vorzustellen und ihn dafür zu begeistern.

Christina umarmte ihre Freundin herzlich. »Ich spüre und sehe, dass dir die Tage in der Toskana gutgetan haben, Anna. Das freut mich!«

»Waren Sie auf einer Kunstmesse?«, fragte der Sammler interessiert.

»Ich habe an einem Symposium über die Kunst der Liebe teilgenommen«, lachte Anna, »und einen der berühmtesten Dichter Italiens kennengelernt. Sein Werk könnte man als fantasievolle Beschreibung von Christinas Bildern ansehen. Alles dreht sich um die Liebe, die Sehnsucht nach Liebe, die Verwirrung durch Liebe und die ständige Verwandlung der Liebenden.«

Anna zeigte bei diesen Worten auf Christinas großformatiges Ölbild, das mit leuchtenden Rottönen und kräftigen Pinselstrichen den weißen Galerieraum dominierte.

Christinas Bild hatte den Sammler offensichtlich beim ersten Anblick entflammt. Er stand wortlos davor, ging einen Schritt näher, einige Schritte wieder zurück und betrachtete es mit Freude. Dann wandte er sich Anna und Christina zu:

»Es ist Liebe auf den ersten Blick! Ich will dieses Bild kaufen!«

Die beiden Frauen lächelten erfreut. Es war tatsächlich der richtige Tag, der richtige Augenblick, die richtige Stimmung für diese Entscheidung!

›Amor hat seinen goldenen Pfeil verschossen‹, dachte Anna. Das wirkt auch bei Kunstwerken.

Die beiden Freundinnen feierten bei Michele, dem Italiener nebenan, den gelungenen Abschluss, teilten sich einen üppig beladenen Antipastiteller und tranken Chianti Classico.

»So kann es weitergehen!«, wünschte Christina. »Du warst in Bestform, Anna! Deine Erzählung von dem Dichter, der meine Bilder beschreibt, war genial. Ich habe mein Bild plötzlich selbst mit anderen Augen betrachtet.«

»Ich hab in der Toskana gelernt, dass man den Tag mit Entschlossenheit beginnen soll. Das wirkt wirklich. Aber die Liebe auf den ersten Blick hat deine Malerei bewirkt. Deine Bilder haben einfach einen unwiderstehlichen Hauch von Erotik. Das entgeht niemandem, der Fantasie und Sinn für die Liebe hat.«

»Deine Sinne für die Liebe sind auch wieder hellwach, Anna. Das ist dir von der Ferne anzusehen. Du blühst richtig auf. Du wirkst auf mich wie in deinen besten Tagen! Ich werde ein neues Bild malen: *Anna im Rosengarten der Liebe* – abstrakt, mit vielen Verschlingungen, spitzen Dornen und einer toskanischen Schönheit, die geheimnisvoll lächelt.«

»Ich bin glücklich, Christina. Ich habe ein neues Leben begonnen. Ein Leben voll Liebe, voll Überraschungen, voll Kreativität und ohne diese bedrückende Schwere, die sich schon lange über meine Seele gelegt hatte. Ich bin wirklich wieder ich, fühle mich so wie in den alten Zeiten, in denen wir gemeinsam, ohne viel nachzudenken, begonnen haben, für die Kunst und von der Kunst zu leben.«

Die Freundinnen strahlten einander an, als wären sie um Jahre zurückversetzt in die Anfänge ihres hoffnungsvollen Starts in die Welt der Kunst, der Künstler und des Geschäftes mit der Kunst.

»Bist du schon geschieden, Anna?«

»Leider nein. Aber wenn alles gut geht, sollten Oskar und ich Ende Mai die einvernehmliche Scheidung schaffen.«

»Das ist nächste Woche!«

»Ja. Wir haben morgen noch den letzten Mediationstermin, bis dahin sollte alles geklärt sein. ›Fair und freundschaftlich‹, wie Oskar mit Handschlag versprochen hat.«

»Glaubst du daran?«

Anna hob den Kopf, atmete tief, stützte ihr schmales Kinn in ihre linke Hand und sagte: »Frag das Orakel von Delphi. Über dessen Eingang steht der Leitspruch Apolls:

Erkenne dich selbst!«

Christina zog fragend ihre Augenbrauen hoch.

»Was hat das mit eurer Scheidung zu tun?«

»Wenn Oskar sich selbst und sein Verhalten endlich erkennt, wird er sein Versprechen halten. Wenn er sich wieder als Opfer darstellt, war sein Handschlag ein theatralischer Auftritt vor den Mediatoren.

Mich kann nichts mehr aufhalten. Ich weiß, was ich will und was ich brauche. Auch dazu hat mir mein Dichter geholfen und einen Leitsatz mitgegeben:

Wer sich selber erkennt, nur der wird lieben mit Weisheit
Und aus eigener Kraft regeln jegliches Werk.

Ich spüre meine innere Kraft. Ich habe erkannt, dass es für mich keinen Weg zurück gibt in das Chaos einer lieblosen Ehe.

Ich will nicht mehr länger auf der Flucht sein vor einer scheinbaren, mich eifersüchtig verfolgenden ›Liebe‹, die nichts anderes ist als besitzen und beherrschen wollen.«

Christina nickte zustimmend und mitfühlend.

»Dein Symposium über die Liebe zeigt Wirkung. Du sprichst schon so überzeugt und überzeugend wie dein Dichter. Wie heißt er denn?«

»Ovid.«

»Ovid? Der ist doch vor zweitausend Jahren gestorben.«

»Er ist lebendig! Sein Geist lebt. In seinen Werken über

die Kunst der Liebe und die Mythen der Verwandlungen, die *Metamorphosen*. An besonderen Glückstagen erfreut er heute noch toskanische Tafelrunden mit seinen Geschichten, wie ich es letzte Woche erlebt habe.«

Christina schaute ihre Freundin belustigt an und bestellte bei Michele noch zwei Gläser Chianti Classico.

»Liebe beflügelt. Wein beflügelt. Ich fliege mit dir in die Welt der toskanischen Tafelrunde. Es lebe die Kunst! Salute!«

Im Ordner »Posteingang« erwartete Anna die nicht unerwartete Kehrtwendung Oskars. Er hatte bisher immer wieder versucht, seine Zusagen im letzten Moment abzuschwächen, zu verdrehen oder zurückzunehmen. Diesmal hatte er als Draufgabe seiner Unzuverlässigkeit auch noch einen bewusst rüden Ton angeschlagen und seine E-Mail mit dem Titel: »scheißdreck aufgespritzt und garniert« an Anna gesendet.

Von: oskar stock
Betreff: **scheißdreck aufgespritzt und garniert**
Datum: 20. Mai 2010 20:55
An: Anna Stock

anna, dein vergleichsvorschlag ist scheißdreck aufgespritzt und garniert!!! offensichtlich eingeflüstert von dem reserveguru oder zumindest korrekturgelesen von dem bär. das ist die wahrheit. das hab ich recherchiert. da fühl ich mich wirklich verarscht, der nebenbuhler hilft der ehefrau, den bestmöglichen ausstieg zu schaffen!!! den mediationstermin morgen kannst du vergessen. ich werde nicht kommen!!!
oskar

Anna starrte auf den Bildschirm ihres PC und stützte ihren Kopf in beide Hände. Ihre Hochstimmung nach dem gelungenen Kaufabschluss und dem langen Plausch mit Christina war wie vom Blitz weggefegt. Sie biss sich auf die Lippen und hatte Tränen in den Augen.

›Du Sch…kerl! Dein Handschlag ist null wert. Deine Pirouetten sind Methode. Der Mann ohne Rückgrat. Der Wendehals. Ich verabscheue es, wie du versuchst, mein Leben zu zerstören!‹

Die zarte Gestalt Annas bebte vor Zorn.

Dann richtete sie sich wieder auf, zögerte keine Sekunde und hämmerte ihre Mailantwort in die Tasten:

Von: Anna Stock
Betreff: **Fair und freundschaftlich**
Datum: 20. Mai 2010 21:25
An: oskar stock

Oskar,
Du lernst überhaupt nichts dazu! Dein Handschlag ist nichts wert. Und Du hältst Dich an keine unserer Vereinbarungen. ›Fair und freundschaftlich‹ sollten wir das Kapitel unserer Ehe abschließen. Im Sinne der Kinder ohne Streit und Scheidungskrieg. Dein schriftlicher Wortbruch ist deine übliche widerliche Drohgebärde im letzten Moment – eine Kriegserklärung an mich. Du kannst mich nicht mehr einschüchtern. Du bist nicht paktfähig. Du versuchst nicht einmal, in der Sache zu argumentieren, auf den einvernehmlich festgehaltenen Ergebnissen der Mediation aufzubauen und auf meinen Vergleichsvorschlag einzugehen. Du spuckst einfach Gift und Galle und

wirst ordinär und primitiv. Ich habe genug davon!
Auch ich werde nicht zum Mediationstermin gehen.
Ich bringe morgen die Scheidungsklage ein.
Anna.

Bevor Anna den Befehl *Senden* drückte, atmete sie noch einmal tief durch. Sie dachte einen Augenblick lang daran, Maximilian anzurufen und die Situation mit ihm zu besprechen.

Dann schickte sie ihre Mailantwort an Oskar entschlossen ab.

›Ich weiß, was ich will.‹

Es war nur mehr eine Stunde bis Mitternacht. Anna saß an ihrem Schreibtisch und wälzte tausend Gedanken in ihrem Kopf. Sie hatte die hochbeinige Möwe mit der goldenen Krone vor sich aufgestellt und schaute den Glücksbringer nachdenklich an. Sie erinnerte sich an Maximilians Worte bei der Übergabe seines Geschenks: *Fühle dich wie die weiße Möwe, die zum Abflug bereit am Meeresstrand steht und sich bald über die Brandung hinweg hoch in die Lüfte erhebt. Ich wünsch dir viel Glück bei deinem Flug in die neue Welt! Lass dich auch nicht von widrigem Wetter und Gegenwind von deinem Kurs abbringen.*

Nun war die Brandung stürmisch, es blies ein kräftiger Gegenwind und ein Gewitter zog auf.

›Wie beruhigend wäre es, in dieser Stunde Maximilian an meiner Seite zu haben, den Kopf an seine Schulter zu legen und seine Stimme zu hören‹, dachte Anna.

›Aber fliegen muss ich alleine!

Bevor ich zu meinem Flug ins Ungewisse abhebe, will ich meine Gedanken ordnen.

Heute schreibe ich dir einen Brief, Maximilian.‹

Anna griff zur Feder.

Wien, 20. Mai 2010, 23.30 Uhr

Geliebter

Ich habe mich schon lange nicht so allein gefühlt in einer Situation der Entscheidung, so müde, voller Zweifel und so aufgewühlt, dass ich jetzt nicht schlafen kann.

Die intensiven Erlebnisse der letzten Monate haben spürbar mehr Kraft verbraucht, als ich immer wahrhaben wollte.

Manchmal werden mir die Verpflichtungen und die Verantwortung für die Kinder zu viel. Manchmal möchte ich einfach nur allein sein.

Manchmal wünsche ich mir, eine Wolke zu sein und einfach wegzusegeln – ins Nichts!

Manchmal ist das ersehnte Lebensgefühl einer ›selbstbewussten, liebevollen, freudvollen, geliebten, freien Frau und Mutter‹ nicht mehr als ein Leitbild, das in mir nicht ausreichend verankert ist.

Es ist so vieles in meinem Leben noch zu restriktiv und verstrickt, um so zu leben.

Obwohl ich als begeisterte Gärtnerin vom radikalen Rückschnitt im Garten überzeugt bin, ist es schwierig, diesen zu machen. Aber der Rückschnitt gibt Rosen und Hecken Raum und Freiheit, sich gesund zu entwickeln und zu blühen. Es lohnt sich.

Ist es nicht im Leben wie im Garten?

Meine Lieblingsautorin Vita Sackville-West, die bekannteste Gärtnerin des 20. Jahrhunderts, schreibt: »Der wahre Gärtner muss mutig sein und voll Fantasie an die Zukunft denken!« & »Es hat keinen Zweck, Pflanzen Lebensumstände aufzwingen zu wollen, die sie nicht mögen. Sie lassen sich das einfach nicht gefallen.« Das ist mir aus der Seele geschrieben.

... Und dann denke ich, dass du ein Geschenk des Himmels bist für mich. Wie hätte ich nach all den vereinnahmenden Ehejahren, funktionierend und ›ausgelebt‹ mir noch vorstellen können, dass Lieben auch anderes bedeutet und tatsächlich gelebt wird.

Ich wünsche mir, dass du spüren kannst, wie sehr ich dich liebe, und dass du Verständnis aufbringen kannst für meine Verletzlichkeit und Unsicherheit, die die bedingungslose Liebe manchmal einschüchtert.
Ich spüre so viel Leben in mir, das so lange unterdrückt war, und ich will gerne so fröhlich, so freudig und neugierig leben wie in meinen schönsten Lebenszeiten. Viel zu oft konnte ich auch mit dir gemeinsam nicht so fröhlich sein, wie ich wollte. Doch das wird jetzt anders.
Ich freue mich so sehr auf unsere neue Welt in Freiheit und Liebe.
Ich danke dir! Ich liebe dich!
Anna

Anna legte die Feder zur Seite. Sie fühlte sich erleichtert. Die Uhr zeigte mittlerweile zwanzig Minuten nach Mitternacht.

›Ob Max noch wach ist?‹

Anna schickte eine SMS auf die Reise zum fernen Geliebten:

`Max, ich kann nicht einschlafen. Bekomm ich noch eine Gutenachtgeschichte? Ich freu mich auf deine Stimme!`

Anna umarmte ihren großen, weichen Polster, schloss die Augen und hörte die beruhigende Stimme Maximilians. Er erzählte die Geschichte vom Bären, der Flaumfeder und der Möwe.

Die Flaumfeder war immer noch auf der Suche nach ihrem wahren ICH. Sie hatte sich ins weiche Fell des Bären gekuschelt und blickte mit großen Augen in den Himmel. Weiße Wolken wurden vom Wind vorangetrieben wie eine Schafherde vom Hirten, der das Gewitter aufziehen sieht.

Die Flaumfeder zitterte beim Anblick der windgetriebenen Wolken und dachte: ›Ich könnte auch eine Wolke gewesen sein, so leicht und luftig und immer am Himmel unterwegs in neue Welten.‹

Sie hielt sich nicht mehr am Fell des Bären fest, sie fühlte eine Sehnsucht, davonzufliegen und eine Wolke zu sein. Sie sah, wie die Wolken ständig ihre Form veränderten, Fantasiegestalten bildeten und sich wieder auflösten.

»Wolken sind flüchtige Geschöpfe«, brummte der Bär, »sie sind unablässig unterwegs dorthin, wo sie der Wind hintreibt. So lange, bis sie von der Sonne aufgelöst werden oder in Regengüssen zur Erde fallen.«

»Ich will aber eine Wolke sein!«, sagte die Flaumfeder und ließ sich vom nächsten Windstoß aus dem Bärenfell hoch hinaufwirbeln zu den Wolken, die sich inzwischen zu dichten Wolkendecken und Wolkentürmen zusammengeschoben hatten. Der Wind war heftiger geworden, die Sonne war hinter der dichten Wolkendecke verschwunden, das Donnergrollen von Gewitterwolken kam näher und näher.

Die Flaumfeder wurde von Windböen herumgewirbelt und fand keinen Halt mehr in dieser Welt der widrigen Winde und des Donners.

Ein Schwarm weißer Möwen segelte unbeirrt durch die Lüfte und nützte die Kräfte des Windes spielerisch für allerlei Flugkunststücke. Die Flugkünstler waren in ihrem Element! Sie beherrschten ihren Flug in jeder Phase des Segelns, Drehens, Wendens, des Sturzfluges und des Aufsteigens. Sie lebten in der großen Freiheit des Himmels.

Tief unter ihnen stand der Bär am Ufer des windgepeitschten Sees und hob seinen Kopf zum Himmel. Er rief der wild herumwirbelnden Flaumfeder laut zu: »Flieg zurück, Möwe, bevor dich die Blitze treffen! Komm zu mir!«

Die Flaumfeder wirbelte im Kreis, sah eine weiße Wolke wie eine Möwe mit weit ausgebreiteten Flügeln auf sich zufliegen und war im nächsten Moment eine weiße Möwe im Meer der Winde!

Die ersten Blitze zuckten über den Gewitterhimmel, laute Donner erschütterten die Möwe, die nun in wildem Sturzflug ihr Heil in der Flucht vor Blitz und Donner suchte.

Heftige Regengüsse prasselten auf das Gefieder der Möwe, die nicht mehr daran glaubte, dieses plötzliche Unwetter überstehen zu können. Sie ergab sich ihrem Schicksal und platschte mit hoher Geschwindigkeit ins dunkle Wasser des windgepeitschten Sees.

›Das ist mein Ende‹, dachte die Möwe, als es um sie herum völlig dunkel wurde.

»Du hast Blitz, Donner und Sturm überstanden, Möwe. Du bist stärker, als du glaubst«, brummte der Bär und bettete die klatschnasse, vom Sturm zerzauste Möwe behutsam auf einen Moospolster vor dem wärmenden Feuer in seiner Bärenhöhle.

»Es wird alles gut. Du bist eine besondere Möwe. Du hast wunderbare Talente und Stärken. Und vor allem einen unbändigen Willen zum Leben in Freiheit. Du musst jetzt nur tief schlafen.

Morgen wirst du deine lang ersehnte Freiheit gewinnen!«

Am nächsten Morgen erwachte die Möwe und verspürte ein herrliches Glücksgefühl.

›Ich habe mein wahres ICH gefunden! Ich bin keine vom Wind getriebene und verwehte Flaumfeder, ich bin eine Möwe! Ich kann fliegen, wohin ich will!‹

Sie erhob sich hoch in die Lüfte und segelte über den großen See, der wieder alle Farben des Himmels und der Wälder wie ein festliches Kleid trug. Die Möwe stieß einen jauchzenden Schrei aus, schoß senkrecht in die Tiefe bis knapp über die weißen Wellenkronen, die sie freudig grüßten, wendete blitzschnell und segelte wieder himmelwärts. Sie fühlte, dass sie ihre innere Freiheit wiedergefunden hatte, aus der all ihre Talente und Stärken erblühen konnten.

Die Möwe jauchzte und wirbelte durch die Lüfte wie nie zuvor!

»Guten Morgen, Anna!« Maximilians Stimme klang frisch und belebend. »Hast du gut geschlafen?«

»Schön, deine Stimme zu hören, Max! Ich hab von einer Möwe geträumt.«

»Aufgewacht, Möwe! Heute ist die letzte Mediation. Die Sterne stehen gut. Hör dir dein Horoskop an: *Uranus beschert Zwillingen geniale Ideen, lässt sie aber auch gegen Autoritäten rebellieren. Sprechen Sie nicht spontan eine Kündigung aus. Recherchieren Sie zuerst Ihren Marktwert. Leidenschaftliche Aufregung privat – daraus kann mehr werden (5 Herzen).*

Und hier ist das Motto des Tages:

Mit klarem Geist – sachlich & fair – no emotions – unerschütterlich!

Möge die Übung gelingen. Ich wünsch dir alles Gute für euren heutigen Vergleichsabschluss!«

»Der Termin ist geplatzt, Oskar kommt nicht«, antwortete Anna trocken. »Ich bringe heute die Scheidungsklage ein.«

Max war verblüfft, wie gefasst Anna mit der unerfreulichen Situation umging.

»Das ist konsequent, wenn Oskar kneifen möchte. Aber ich bin überzeugt, dass er zum vereinbarten Termin erscheinen und den Vergleich unterschreiben wird.«

»Spielst du wieder Wahrsager, Max? Wieso glaubst du das?«

»Oskar hat keine andere Wahl. Eine Scheidung im Streit würde ihn sehr viel Geld kosten. Dein großzügiges Vergleichsangebot wäre gegenstandslos. Er könnte seine persönlichen, in Kürze fälligen Kreditverpflichtungen nicht mehr erfüllen. Das weiß er. Er ist clever. Er pokert hoch und blufft bis zum Schluss. Aber du hast perfekt gekontert. Der Bluff ist wirkungslos. Deshalb wird er kommen. Um wie viel Uhr soll das Mediationsgespräch stattfinden?«

»Um 14 Uhr.« Anna dachte kurz nach.

»Ich werde hingehen. Wir werden unterschreiben«, sagte sie entschlossen.

Max nahm einen kräftigen Schluck Rioja, blickte auf die Uhr und zündete zum wiederholten Mal seine Pfeife an. Es war Freitagabend, 21. Mai, kurz vor 22 Uhr. Im Kulturcafé schwang die gelöste Stimmung und Vorfreude auf das Wochenende durch alle Räume. Aretha Franklin, the Queen of Soul, verzauberte die Gäste mit ihrer Stimme.

Max hatte die Augen geschlossen und sah Annas singenden Mund vor sich: *You make me feel like a natural woman!*

»Heute wälzt du aber viele Gedanken in deinem Kopf«, forschte Werner hinter der Theke. »Du vergisst sogar aufs Pfeifenrauchen.«

»Das ist nicht zu übersehen, Werner. Es gibt solche Tage.«

»Dein Frühling wird doch nicht vorzeitig zu Ende sein?«, bohrte Werner weiter.

»Nein, er wird jetzt erst richtig aufblühen ...«, antwortete Max lachend und blickte auf sein Handy, das eben den Eingang einer SMS signalisierte.

»Die Amsel zwitschert ein Liebeslied«, neckte Werner seinen Gast an der Theke.

»Das wäre schön. Ich liebe den Gesang der Amsel. Es sieht aber mehr nach Text ohne Töne aus.«

Max überflog die neue Nachricht Annas. Ein erleichtertes Lächeln huschte beim Lesen über sein Gesicht.

Freitag, 21. Mai, 21.55 Uhr
Hi Wahrsager, Vergleich unterschrieben und Antrag bei Gericht abgegeben!!! Davor Wechselbad der Gefühle und heftigste Reaktionen. Habe schon unbeschwertere Zeiten erlebt, war schon ziemlich geschafft. Telefon war abgeschaltet. Bitte um dein Verständnis und danke für deine Bärengeduld und deinen Kuss via Sprachbox!
Einen feurigen Kuss brauch ich im Momemt wie Luft & Liebe zum Leben! Anna
PS: Werde das Wochenende den Zwillingen widmen. Sie brauchen jetzt Ruhe und Verständnis für meinen Weg in die Zukunft.

Werner hatte Max mit hochgezogenen Augenbrauen aufmerksam beim Lesen der SMS beobachtet, während er hinter der Theke einen Cocktail mixte. Das Wohl und Glück seines Stammgastes schien ihm am Herzen zu liegen. Wo sonst als an der schmalen Theke konnte man so hautnah – face to face – das Leben, Episoden und Schicksale unmittelbar miterleben? Auch Werner lächelte, als Max lächelte.

»Gute Nachrichten? Happy End, Max?«

»Werner, du wirst in unser Buch über die Liebe als neugierigster Barkeeper der Geschichte eingehen!«, scherzte Max. »Aber auch als bester Menschenkenner mit der feinsten Spürnase. Es gibt ein Happy End! Wir werden dir das erste Exemplar unseres neuen Buches widmen. Dann kannst du alles nachlesen.«

Aretha Franklins Soul-Concert war noch immer gegenwärtig. *Respect ... just a little bit!* forderte die Soul-Queen mit rauer Stimme, *All I'm asking is for a little respect when you come home, just a little bit ... Find out what it means to me, respect, r-e-s-p-e-c-t, ... just a little bit ... I got to have a little respect ... just a little bit ... when you come home or you might walk in and find out I'm gone.*

›Das passt punktgenau‹, dachte Max, wippte im Soulrhythmus auf dem Barhocker und tippte aufgewühlt seine SMS-Antwort an Anna.

```
Respect, Anna!
Du bist stark. Du hast dich durchgesetzt.
Du bist frei, Möwe!
Ich liebe dich!
Fliege zu mir!
Max
PS: Höre gerade Aretha Franklin im Kulturcafé
Seh dich vor mir »like a natural woman«
Trinke mit Werner Rioja auf dein Wohl!
Salud!
```

»Werner, ein Rioja für dich!«, bestellte Max. »Anna freut sich, wenn wir auf ihr Wohl anstoßen.«

freedom, freedom, freedom – yes freedom!, jubelte Aretha gerade in ihrem Hit *Think*.

Think! Set me free! Freedom, freedom, freedom!

Das Kulturcafé dämmerte bei leiser Musik und gedämpftem Licht der Sperrstunde entgegen. Werner hielt die Stellung hinter der Theke und servierte die letzten Drinks.

»Was haltet ihr von Frauen?«

Der unbekannte späte Gast an der Theke hatte die einzige Frau am Ende der Bar lange betrachtet und sah nun Werner und Max fragend an. Er schwankte schon ein wenig auf seinem Barhocker und hielt sich mit beiden Händen an seinem Cognacglas fest.

Werner räusperte sich, kratzte sich unschlüssig im Haar und wiegte seinen Kopf hin und her.

»Schwer zu sagen. Es gibt solche und solche.«

»Manche sind der Himmel, manche sind die Hölle«, präzisierte Max.

»Meine hat mich heute verlassen.«

»Oh. Das kommt öfter vor. Ich kenn das«, seufzte Werner und zeigte Mitgefühl.

»War sie der Himmel oder die Hölle?«

Der verlassene Mann biss sich auf die Lippen und nickte mit dem schon schweren Kopf.

»Eigentlich war sie der Himmel ...«

»Dann hast du den Himmel verspielt«, rügte Werner.

»Verspielt, vergeigt, verloren ...«, tönte die Selbsterkenntnis aus dem Mund des Mannes.

Maximilian tröstete den Einsamen:

»Das Leben geht weiter. War es überraschend für dich?«

Der Cognactrinker schwenkte das bauchige Glas, führte es zur Nase und nahm dann einen großen Schluck des Seelentrösters.

»Überraschend war es nicht ... aber ich hätte es ihr nie zugetraut, dass sie es wirklich tut.« Der Verlassene wurde lauter. »Nie hätte ich es ihr zugetraut!«

Die langhaarige Frau am Ende der Bar hob ihren Kopf und sah den Mann mit einem prüfenden Blick an.

»Frauen haben einen starken Willen«, sagte Max. »Wir sollten das nicht unterschätzen und sie verstehen.«

»Dein Rat kommt zu spät, mein Freund. Sie ist fort. Weg. Es ist aus.«

Der letzte Schluck Cognac diente zum Trost des Mannes an der Theke nach dieser bitteren Erkenntnis.

»Jedes Ende ist ein Anfang«, philosophierte Werner. »Willst du noch einen Cognac?«

»Eine Runde für alle!«, lud der Mann laut hörbar ein und blickte ans Ende der Theke.

»Danke. Ich bleibe lieber bei meinem Cocktail, wenn es recht ist.«

»Okay! Man soll den Willen der Frau respektieren und verstehen, was sie wollen, habe ich gerade gehört«, antwortete der Mann bei jedem Wort etwas stockend.

Die Frau am Ende der Theke lächelte jetzt erheitert.

»Du lernst schnell dazu«, lobte Werner. »Mit dir geht's bergauf!«

»Hoffentlich. Meine Frau hat immer geklagt, mit mir gehe es bergab!«

»In jedem steckt mehr!«, munterte Max den müden Mann auf. »Du bist jetzt frei. Du kannst dein Leben neu ordnen. Das ist immer eine Chance. Für Männer ebenso wie für Frauen«.

Werner nickte zustimmend. Sein vom Leben geprüfter Gast richtete sich noch einmal auf seinem Barhocker gerade, ohne zu schwanken, auf.

»Prost Männer! Auf die Chancengleichheit! Auf die Lernfähigkeit! Ich werd es versuchen.«

»Oh, Pardon.« Er wandte sich der unbekannten Frau am Ende der Theke zu. »Ladys first. Prost. Auf die Chancengleichheit von Frau und Mann im Leben!«

»Das ist ein gutes Schlusswort«, stellte Werner fest. »Sperrstund'!«

Die langhaarige Frau am Ende der Theke erhob sich und schritt aufrecht und selbstbewusst lächelnd an der Männerrunde vorbei.

»Danke für den Abschlussdrink! Es war mir ein Vergnügen, Ihnen zu zuhören.«

DIRNDL AHOI!

Die Kapitäne des k.u.k. Yachtgeschwaders waren vollzählig und in schönster Montur vor dem k.u.k. Landungssteg in Weyregg angetreten. Die mächtige Gestalt des Kommandanten beeindruckte die Gäste der Zeremonie ebenso wie sein kaiserlicher Backenbart und der kühne Blick zurück in die glorreiche Vergangenheit der k.u.k. Monarchie, die hier beim Kaisergasthof am Gestade des Attersees immer noch lebendig war.

Ein Wegweiser am Eingang des Festplatzes gab Richtung und Entfernung zu den alten Landbeständen der Monarchie von Budapest bis Mexiko an und vermittelte den Festgästen das Gefühl, im Zentrum dieser unvergänglichen k.u.k. Welt zu stehen.

Schon strömte das Volk herbei, um die stolzen Segelschiffe des k. u. k Yachtgeschwaders – aus edlen Hölzern gefertigt – am k.u.k. Panoramasteg vor dem Kaisergasthof zu bewundern.

Schon erklang die Begrüßung der Krauthäuplmusi und erheiterte die Gemüter, schon eilte der Chef des Kaisergasthofs herbei – mit weißem Vollbart, hoher Stirn und wallendem Haar, in knielangen Lederhosen und grüner Trachtenjoppe, der Hüter der k.u.k. Tradition und Spiritus Rector vieler Attersee-Spektakel –, schüttelte Hände, verneigte sich artig vor den Ehrengästen und gab das Zeichen zum Auftakt für das Fest zum Sommeranfang:

Dirndl ahoi!

Der k.u.k. Panorama-Landungssteg vor dem Kaisergasthof wurde heute zum Catwalk der Dirndln aus dem Salzkammergut, zur Bühne der zeitlosen Trachtenmode, zum sommerlichen Szene-Treffpunkt am Attersee.

Das Flaggschiff der Atterseeschifffahrt war am Ende des Landungsstegs vor Anker gegangen und präsentierte auf seiner Bordwand Gustav Klimts ornamentales Meisterwerk *Der Kuss,* an dem Besucher und Akteure vorbeidefilierten. Die strahlende Regentin der Atterseeflotte empfing die an Bord gehenden Gäste mit ihrem bezauberndsten Lächeln und freute sich sichtlich über ihr neues, tief ausgeschnittenes Festtagsdirndl, das sie zur Feier des Tages stolz zur Schau trug.

Das Gustav-Klimt-Schiff füllte sich mit erwartungsvollen Gästen, die Szene-Fotografen wieselten noch schnell hin und her, um alle »Promis« abzulichten, und dann übernahm schon die First Lady der Trachtenmode das Zepter und ließ einen Schwarm allerliebster Mädchen in Dirndln fröhlich über den Laufsteg schwirren, Sonnenschirme drehend und eine erfrischende Palette von Farben und Formen zeigend, begleitet von jungen Kavalieren in Lederhosen und Trachtenjoppen. Die Tostmann-Dirndln eroberten das Klimt-Schiff und die Herzen der schaulustigen Gäste!

Anna und Maximilian beobachteten das bunte Treiben vom Oberdeck.

»Jetzt wird es Zeit, dass sich die modische Galeristin aus Wien für ein Dirndl aus dem Salzkammergut entscheidet«, lockte Max, »es könnte sein, dass du es öfters brauchen wirst.«

»Könnte das sein?«, forschte Anna neckisch.

»Es könnte und sollte so sein.«

»Schau, schau. Wie soll ich das verstehen?«

»So wie es gemeint ist, Anna. Als Willkommensgruß für deine weitere Karriere im Salzkammergut. Als Zeichen deines

Lebens in der Neuen Welt. Als Freude für mich, denn du wirst hinreißend aussehen in einem Dirndl!«

Anna lugte über die Reling und beugte sich weiter vor.

»Ich hab's gefunden! Schau! Mein Dirndl spaziert gerade unter uns über den Laufsteg!«

»Perfekt«, rief Max erfreut und beugte sich ebenfalls über die Reling, »der Rock im blauen Farbton des Attersees mit zarten Blütenmustern, der Leib in edlem schwarzen Leinen mit Silberknöpfen, die weiße Bluse üppig ausgeschnitten und eine seidige Schürze, die verlockend glänzt.«

Er sah tief in Annas graublaue Augen und rief begeistert:

»Dirndl ahoi! Du bist's!«

GIPFELKONFERENZ DER FRAUEN

Weiße Morgenwolken umhüllten noch wie Schleier die Schultern des Schafbergs. Über dem Gipfel wölbte sich ein strahlend blauer Sommerhimmel.

Anna stand fasziniert vor der rauchenden und zischenden Dampflokomotive aus dem Jahre 1893. Die Lokomotive war für eine ganz besondere Fahrt aus dem Lokschuppen geholt worden: einhundertzwanzig Frauen wollten zur Gipfelkonferenz der Frauen auf den Schafberg!

Sie kamen von nah und fern, erwartungsvoll und gut gelaunt, in leichten Sommerkleidern, in Jeans, in Kostümen und im Dirndl; »Gipfelstürmerinnen« aus verschiedensten Bereichen von Wirtschaft, Medien, Kunst und Kultur.

Anna unterhielt sich angeregt mit dem Lokomotivführer. Er erklärte mit Leidenschaft, wie seine Dampfmaschine funktionierte, und war freudig überrascht, dass eine zarte Frau im Dirndl so viel Interesse für die Welt der Technik aufbrachte.

»Das ist ganz unüblich. Sie sind die erste Frau, die mich so ausführlich interviewt.«

»Ich will verstehen, wie diese Kraft zustande kommt, die gleich einhundertzwanzig Frauen auf den steilen Berg hinaufbefördern wird.«

Anna war jetzt Ehrengast im Führerstand des Lokführers und erlebte das Wunderwerk der Dampflokomotive aus nächster Nähe.

Der Heizer schaufelte emsig Kohle durch das Feuerloch in die Feuerbüchse. Im großen Dampfkessel rund um die Feuerbüchse brodelte das Wasser. Der erzeugte Dampf entwich in die Zylinder und bewegte die darin befindlichen Kolben rhythmisch hin und her.

Es machte einen Ruck. Der Lokomotivführer gab das Signal zur Abfahrt. Die Räder begannen sich zu drehen. Der Zug setzte sich pfauchend in Bewegung.

In den beiden leuchtend roten Vorstellwagen, die die Lokomotive vor sich Meter um Meter den Berg hinaufschob, drängten sich die Frauen Schulter an Schulter auf den alten, hölzernen Bänken. Einige standen in der Mitte des Wagens und konzentrierten sich darauf, während der unruhigen Fahrt das Gleichgewicht zu halten. Die Fenster der Wagen waren offen, es war leicht zugig. Der Lärm war ohrenbetäubend. Es hämmerte und krachte.

Es war fast unmöglich, sich zu unterhalten. Heftig gestikulierend, mit ausladenden Armbewegungen und mit ausgeprägter Mimik begrüßten einander die Frauen, stellten sich vor, erzählten, woher sie kamen und dass sie das erste Mal mit der Zahnradbahn auf den Schafberg unterwegs seien.

»Wir fahren ›rauf‹, um ›runter‹zukommen!«, begrüßte die Gastgeberin der Gipfelkonferenz laut und launig ihre Gäste. »Wir können heute den Alltag hinter uns lassen, in aller Ruhe ›Dampf ablassen‹, Druck abbauen und uns kreativ entspannen an einem der schönste Plätze, die ich kenne.«

Sie trug eine blaue Uniform mit weißer Bluse und rotem Seidentuch, hielt sich mit der linken Hand am Haltegriff in der Mitte des Wagens fest und winkte mit der rechten Hand nach allen Seiten.

Aus dem Schornstein der alten Lokomotive stieg weißer Dampf auf, ein jubelnder, heller Signalton aus der Dampfpfeife verkündete die Auffahrt der Frauen zum Gipfel.

»Ich freue mich, dass ihr heute meiner Einladung gefolgt seid. Ich danke euch!

Die Gipfelkonferenz der Frauen richtet sich an erfolgreiche Businessfrauen und soll euch ermöglichen, neue Kontakte zu knüpfen, einander kennenzulernen und voneinander zu lernen. Wir haben begeisternde Rednerinnen engagieren können und sehr interessante Themen ausgewählt!«

Die Stimmung im Wagen war ausgelassen. Ein sommerlicher Schulausflug übermütiger Mädchen hätte nicht fröhlicher und lauter sein können. Die Frauen applaudierten und freuten sich auf die Konferenz in luftiger Höhe.

Die Baumgrenze wurde passiert und die Bahn fuhr nun langsam und keuchend über Wiesen und Almen bergwärts. Dann wurde es steil. Senkrechte Felswände waren zum Greifen nah, Latschen säumten den Weg, die Wolken wurden lichter und lichter. Die Lokomotive nahm pfauchend Kehre um Kehre. Dann war die Wolkengrenze durchbrochen.

Die Frauen verstummten.

Sie waren berührt vom großartigen Ausblick auf die imposante Bergwelt rund um sie herum: hohe Gebirgszüge in der Ferne, weiße Bergspitzen, grüne Kegel, dunkelgrüne Wälder. Tief unten konnten sie den blaugrünen Wolfgangsee erkennen.

Das Salzkammergut lag ihnen zu Füßen. Der Schafberg erhob sich in seiner markanten Gestalt weit über alle anderen Gipfel.

Nach sechzig Minuten hatte die Bahn 1190 Höhenmeter zurückgelegt und die Bergstation auf 1730 Metern Seehöhe erreicht. Dem Lokomotivführer bot sich ein buntes Bild, als einhundertzwanzig Gipfelstürmerinnen zielorientiert die Serpentinen des schmalen Schotterweges zum Berghotel Schafbergspitze hinaufwanderten.

Anna war stehengeblieben und genoß den weiten Ausblick. Sie erinnerte sich an ihr Gespräch mit Maximilian bei ihrem ersten Spaziergang am Attersee: *Du hast den Überblick über dein Leben! Du musst deinen Standort verändern, dich rausnehmen aus dem Alltag, dein Leben mit Abstand betrachten. Wie aus der Vogelperspektive. Dann erkennst du neue Wege, neue Perspektiven! ... Alles fließt, alles verändert sich. Panta rhei.*

›Es hat sich tatsächlich vieles in meinem Leben verändert‹, dachte Anna. Sie hatte vor drei Tagen den rechtskräftigen Gerichtsbeschluss über die einvernehmliche Scheidung zugestellt bekommen. Das Lebenskapitel ihrer Ehe mit Oskar war beendet. Sie wollte diesen Sonnentag auf dem Gipfel des Schafbergs nutzen, um ihren weiteren Lebensweg, ihre Wünsche und ihre Ziele fernab der Alltagswelt wie aus der Vogelperspektive betrachten.

»Hallo Gipfelstürmerin!« Caroline erwartete ihre Freundin Anna vor dem Eingang zum Berghotel und umarmte sie herzlich. »Ich freue mich, dass du kommen konntest! Wie fühlst du dich?«

»Frei!«, lachte Anna spontan, »und ich bin dankbar für deine Einladung! Sie kam zum richtigen Zeitpunkt mit den richtigen Themen am richtigen Ort. Ich freue mich, da zu sein!«

Die beiden Frauen waren seit Studientagen eng befreundet. Caroline war geschieden, alleinerziehende Mutter, selbständig, erfolgreiche Unternehmensberaterin und Autorin und lebte in Salzburg. Sie hatte eben ihr zweites Buch mit dem Titel *Veränderungen aktiv gestalten* publiziert. Sie erzählte Anna von ihren langen Arbeitstagen und berichtete begeistert über ihre Autorenarbeit.

»Schreiben ist für mich eine neue Welt. Es hat mir sehr gutgetan, mich auf etwas Neues einzulassen.«

Anna nickte zustimmend.

»Wie wird es bei dir weitergehen, Anna? Machst du weiter Karriere im Kunstgeschäft?«

»Vielleicht. Auch ich lerne gerade eine neue Welt kennen.«

Caroline schmunzelte: »Übersiedelst du vielleicht ins Salzkammergut?« Sie sah Anna verschmitzt an: »Ich hab dich noch nie in einem Dirndl gesehen!«

Anna stütze ihre Hände in die Taille, drehte sich im Kreis und ließ den atterseeblauen Dirndlrock weit schwingen.

»Das Dirndl ist neu!«, strahlte Anna. »Ich hab's vorgestern entdeckt. Ist es nicht wie maßgeschneidert für mich?«

»Wie maßgeschneidert! Und? Bist du nun auf dem Sprung ins Salzkammergut?«, ließ Caroline nicht locker.

»Ich weiß es nicht, Caro. Das muss ich erst herausfinden«, schmunzelte Anna. »Mir steht die Welt offen!«

»Perfekt! Diese Gipfelkonferenz, all die Frauen hier bieten dir eine Fülle an Erfahrungen und Inspiration – warte einen Moment ...«

Caroline holte die Einladung aus ihrer Tasche und las Anna vor: »Die Gastgeberin schreibt: *Ich will ein klares Zeichen für eine positive Zukunft setzen und eine Dynamik entfachen, von der wir Frauen profitieren können! An einem der schönsten Plätze, die ich kenne!* Anna, es wird ein guter Tag werden!«

Anna schritt in ihrem Dirndl leichtfüßig und selbstbewusst zum Empfangstisch und stellte sich vor.

»Anna Koranda aus Wien.«

Caroline sah Anna erstaunt an. Sie neigte sich zu ihr und flüsterte ihr ins Ohr: »Hej, das hast du mir gar nicht erzählt! Großartig!«

Anna lachte. Sie steckte sich aufgeregt das Namensschild mit dem Aufdruck *Anna Koranda* an ihr neues Dirndl.

»Heute ist mein erster Auftritt unter meinem Mädchennamen, Caro. Und das bei einer Gipfelkonferenz für Frauen! Ich bin wirklich aufgeregt.«

Caroline legte ihren Arm freundschaftlich um Annas Schulter und scherzte: »Wird schon schiefgehen! Komm, es geht los.«

Das Konferenzprogramm und die Namen der Vortragenden klangen vielversprechend. Einige Vorträge und Podiumsdiskussionen interessierten Anna als Galeristin ganz besonders:

Frauen als Kulturträgerinnen in Unternehmen.

Kultur der Sinne. Management mit weiblichem Touch.

Kultur. In weiblicher Obhut.

Anna freute sich darauf, die Erfahrungen anderer Frauen zu hören: wie sie ihre Ideen realisiert hatten, wie sie Unternehmen und Mitarbeiter führten, wie sie Veränderungen meisterten, wie sie Familie und Unternehmertum vereinbarten.

Sie war neugierig zu hören, wie Frauen ihren persönlichen »Weg zur Spitze« erlebt hatten und ob der berufliche Erfolg auch persönliche Zufriedenheit und Glück in Partnerschaft und Familie bedeutete.

Anna ließ ihren Blick über das Auditorium wandern. Einige Teilnehmerinnen machten eine ernste Miene und wirkten angestrengt. Einige warteten gespannt auf den ersten Vortrag und blickten aufmerksam zum Podium. Andere plauderten heiter und gelöst.

Anna nahm ihren Notizblock zur Hand, um festhalten, was für sie persönlich wichtig war.

Eine junge Unternehmensberaterin betrat schwungvoll das Podium. Launig und pointiert stärkte sie in ihrer Rede das Selbstvertrauen der Frauen:

»Es geht um Gleichwertigkeit, nicht um Gleichberechtigung. Wir Frauen sind anders und das ist gut so! Wir sind gut, reden wir darüber!«

Das war Balsam auf der Seele! Das erinnerte Anna an die Etrusker.

Die medienpräsente Starköchin lockerte die Runde mit markigen Sprüchen auf: »Hat sich schon mal jemand einen weiblichen Begriff für ›Herr Ober‹ überlegt?«, und etwas später: »Ich will zumindest 50 Prozent vom Kuchen, den wir zu 80 Prozent backen!« Sie offenbarte ihr persönliches Erfolgsrezept, spulte ihre Show routiniert ab und eilte zum nächsten Pressetermin, nicht ohne den applaudierenden Frauen zum Abschied noch mitzuteilen, dass sie als Alleinerzieherin auch noch rechtzeitig bei ihren Kindern sein müsse.

»*Ich habe meinen Mann gestanden!*«, stellte die Aufsichtsratsvorsitzende eines internationalen Logisitikunternehmens mit dunkler Stimme ihr Lebenswerk vor. Sie hatte das Unternehmen gemeinsam mit ihrem Mann erfolgreich aufgebaut und dabei Firma, Ehe und Familie unter einen Hut gebracht.

»Diese Frau ist authentisch«, sagte Anna zu Caro. »Sie wirkt zufrieden und glaubhaft. Aber tauschen möchte ich nicht mir ihr.«

Dann verblüffte die Geschäftsführerin eines weltweit tätigen Konzerns mit ihrem Bekenntnis: »Ich arbeite und lebe seit vierzig Jahren mit einem Macho an meiner Seite. Ich habe kein Problem damit. Man muss sich nur darauf einstellen.« Die Frauen im Auditorium atmeten tief durch. Ein Raunen ging durch die Reihen. Caroline warf Anna einen vielsagenden Blick zu und flüsterte: »Das ist nicht unsere Welt. Wir vermissen unsere Ex-Machos überhaupt nicht.«

Anna musste unwillkürlich lachen.

Auf dem Podium schüttelte die vielbeschäftigte Intendantin heftig den Kopf und rief: »Um Gottes Willen! Wir brauchen für gemeinsame Projekte eine Aufgabenteilung! Dies gilt sowohl privat als auch im Unternehmen. Wie sollten wir Frauen denn sonst erfolgreich unsere Jobs erledigen?«

›Deine Sorgen sind dir ins Gesicht geschrieben‹, dachte Anna.

»Sie ist eine unermüdliche und erfolgreiche Kulturmanagerin«, sagte Caroline, »aber sie bezahlt einen hohen Preis für den Erfolg.«

»Sie wirkt ausgelaugt und erschöpft vom ständigen Kampf um Erfolg und Position. Ihr fehlt ein liebevoller Mann«, erkannte Anna mitfühlend. »Ich weiß, wovon ich spreche. Ich habe das erlebt.«

»Ist es ein Zufall, dass Frauen, die den Weg zur Spitze schaffen, oft alleine einen schweren Rucksack mitschleppen müssen? Sie arbeiten hart, sie leben in unbeständigen Partnerschaften und sie erziehen ihre Kinder alleine.«

Die Tochter einer Hoteliersfamilie trug ein Dirndl, sprach im Tiroler Dialekt und schaute bei ihren kritischen Worten lächelnd in die Runde.

»Auch meine Mutter hat sehr viel gearbeitet, wir Kinder wurden oftmals von unseren Hotelgästen beaufsichtigt, aber meine Eltern haben die Aufgaben nach ihren persönlichen Stärken geteilt und immer zusammengehalten. Unsere Stärke war und ist die Familie.«

Für Diskussionsstoff war ausreichend gesorgt. Die Gipfelfrauen schwärmten in der Kaffeepause hinaus auf die Terrasse des Berghotels, fanden sich in kleinen Gruppen zusammen, genossen Sonnenschein und Panoramablick und diskutierten heftig über widersprüchliche Statements, Frauenschicksale, Erfolg und Kultur.

»Was ist Erfolg für uns, Caro? Ist es der rasante Aufstieg zur Spitze? Ist es der Gipfelsieg im Alleingang? Oder ist es ein Buch, das uns beim Schreiben in neue Welten führt?«

»Willst du ein Buch schreiben?«

»Ja, ich habe damit begonnen. Es wird ein Buch über die Liebe. Ich schreibe es gemeinsam mit Maximilian.«

»Schreibt ihr ein Buch über die Liebe oder lebt ihr die Liebe?«

Caroline sah ihrer Freundin prüfend in die Augen.

»Wir leben die Liebe und schreiben ein Buch über die Liebe«, antwortete Anna mit strahlenden Augen.

»Das ist genial. Das ist ›Kultur der Sinne‹, das könntest du bei der nächsten Podiumsdiskussion vorstellen.«

»Danke für die Blumen, Caro, aber das wäre etwas verfrüht. Wir sind erst am Anfang unserer gemeinsamen Erfahrungen.«

Anna umarmte ihre Freundin herzlich.

»Du hast mich inspiriert, Caro. Mit der Einladung auf diesen Gipfel, mit deiner Begeisterung für neue Wege und für das Buchschreiben. Ich weiß jetzt, was ich mit meinem Leben anfangen will.«

Die Kaffeepause war zu Ende. Die Gipfelfrauen kehrten zurück in den Konferenzsaal.

Anna wanderte alleine zum höchsten Aussichtspunkt des Schafberggipfels.

Sie blickte weit ins Land, in dem ihr Liebesmärchen mit Maximilian mit dem Frühlingserwachen begonnen hatte, und dachte an Hermann Hesses Verse:

Und jedem Anfang wohnt ein Zauber inne!
Der uns beschützt und der uns hilft, zu leben.

Anna spürte den *Zauber des Anfangs* eines selbstständigen Lebens mit dem Mann an ihrer Seite, den sie liebte.

Sie spürte den Zauber der Seenlandschaft, die ihr immer vertrauter geworden war und ihre neue Welt werden sollte.

Sie spürte den Zauber einer neuen beruflichen Herausforderung, bei der sie als Schriftstellerin ihr Talent und ihre Lust am Fabulieren und Erzählen ausleben konnte.

Eine wunderbare Stille umgab die Frau am Gipfel, die nach all den Wirrnissen und Turbulenzen der letzten Jahre nun in sich ruhte und die Bergwelt und Seenwelt des Salzkammergutes lächelnd umarmte.

›Ich war in meinem Leben noch nie so ruhig und zuversichtlich wie jetzt‹, dachte Anna und verspürte ein tiefes Glücksgefühl in ihrem Innersten.

FEDERLEICHT

Der Tisch auf der Terrasse des Hotels Schloss Fuschl ist festlich gedeckt. Anna und Max blicken entspannt auf den tief unter ihnen liegenden Fuschlsee und den am Horizont hoch aufragenden Schafberg. Anna denkt nochmals an die Gipfelkonferenz der Frauen, an die Frauenschicksale, die sich dabei offenbart haben und an ihren persönlichen Entschluss für ihren weiteren Lebensweg.

»Happy Birthday, Anna!« Max erhebt sein Glas und stößt mit Anna auf den Beginn des neuen Lebensjahres an: »Auf ein federleichtes Leben in Liebe!«

»Ich weiß zwar nicht, was mich erwartet, aber ich kann es kaum erwarten«, antwortet Anna lachend und erinnert sich daran, dass Max sein erstes Foto von ihr bei ihrem ersten Besuch am Attersee mit diesen Worten betitelt hatte. Beide verfolgen die in ihren Gläsern aufsteigenden Proseccoperlen, als wäre jede Perle ein vielversprechender Tag ihres neuen Lebens.

»Was macht eigentlich unser Leben federleicht?« Anna sieht Max fragend an.

»Gemeinsam in einer himmlischen Naturlandschaft Prosecco schlürfen!«, lacht Max.

»Ist das alles?«, schmunzelt Anna, die sich mit dieser Antwort nicht zufriedengeben will.

»Alles ist nichts – und nichts ist alles«, philosophiert Max und leert sein Glas in einem Zug.

»Ich habe nichts im Glas und doch alles in der Welt: nämlich dich an meiner Seite.«

Anna ist beglückt und verwirrt zugleich. Sie küsst Max spontan auf den Mund und genießt es, dass um diese Nachmittagszeit nur wenige Gäste auf der Schlossterrasse sind.

»Federleicht und frei sind unsere Gedanken«, ergänzt Max und holt zwei handliche, in Schwarz gebundene Bücher mit einem kleinen, roten Stern auf dem Buchdeckel aus seiner Tasche. Er überreicht eines davon Anna.

»Nochmals alles Gute zum Geburtstag, Anna.

Das ist dein neues SchreibPad: Ein Gedanken- und Ideensammler für die Schriftstellerin Anna.«

Anna schlägt das Büchlein auf: *Gute Einfälle sind Geschenke des Glücks* ist auf der ersten Seite neben dem kleinen roten Stern zu lesen – ein zeitlos gültiges Zitat von Gotthold Ephraim Lessing.

»Jetzt können wir unsere federleichten Gedanken im SchreibPad festhalten«, freut sich Max.

»Spielen wir doch ein Spiel! Jeder von uns beiden schreibt in Stichworten nieder, was das Leben für ihn federleicht und lebenswert macht!«, schlägt er vor.

Anna ist begeistert und nimmt ihre Füllfeder aus ihrer Tasche. Max holt einen roten Filzstift aus seiner Jackentasche und bestellt beim Ober noch zwei Gläser Riesling Federspiel, Steinterrassen aus der Wachau, und einen Krug mit frischem Wasser.

Sie vereinbaren, die nächsten zwanzig Minuten für ihre Gedankensammlung zu verwenden, rücken ihre Stühle unter dem Sonnenschirm auf der Terrasse bequem zurecht und beginnen konzentriert zu schreiben.

»Wer beginnt zu lesen?«

Anna ist neugierig. Sie hatte Spaß daran gehabt, Stichworte für ihr gemeinsames federleichtes Leben in das neue Büchlein zu schreiben, und hatte auch mit großem Vergnügen Maximilians Mienenspiel beim Schreiben beobachtet. Sie hatten tatsächlich kein Wort miteinander gesprochen und sich ganz auf das Gedankenspiel konzentriert.

Max genießt den letzten Schluck Riesling Federspiel: »Wenn du willst, kannst du beginnen!«

»Wir werden abwechselnd unsere Gedanken lesen«, meint Anna, blättert die erste Seite ihres neuen SchreibPads auf und wiederholt:

»Was macht unser Leben federleicht?«

Max beginnt: »Die Lebensart der Etrusker!«

Anna: »Im Jetzt sein«

Max hatte notiert: »Die Liebe am Morgen«

Dann Anna: »Sonnenschein«

Max: »Innere Ruhe«

Wieder Anna: »Mit dir zusammensein«

Max: »Gelassenheit«

Anna: »Guter, langer Schlaf«

Max: »Naturerlebnis«

Sie lesen schneller und schneller, Zeile um Zeile aus ihren SchreibPads.

»Barfuß durch den Morgentau«

»Musik!«

»Zeitlosigkeit«

»Humor und Spaß«

»Unabhängigkeit«

»In Liebe leben«

Anna: »Das ist das Allerwichtigste!«

Max: »Das ist das Allerschönste!«

Anna flüstert: »Berührung«

Max etwas lauter: »Frohsinn«

Anna fuchtelt mit den Händen durch die Luft: »Bewegung«

Max wiegt den Kopf rhythmisch hin und her: »Und immer wieder: Musik«

Anna blickt ernst: »Standpunkte wechseln«

Max: »Veränderung«

Anna: »Der Blick fürs Kleine, für kleine Dinge«

Max schaut Anna schelmisch an: »Liebe am Nachmittag«

Anna lacht: »Den Kurs des Schiffes bestimmen«

»Meinst du den Steuermann Max?«

»Nicht allein, ich denke an Teamentscheidungen für den Lebenskurs.«

»Ob wir da nicht im Kreis fahren?«, neckt Max Anna.

»Auch das, wenn es uns Spaß macht!«

»Gewonnen! Wie wär's mit einem Mitternachtspicknick für das Team?«

»Einladung angenommen!«

Sie staunen, lachen, lesen und lachen und erkennen die Seelen und Gefühle von Adam und Eva in ihren eigenen Texten. Sie freuen sich über jede Übereinstimmung oder Doppelnennungen von dem, was ihnen wichtig erscheint.

Max liest weiter: »Kaminfeuer«

Anna: »Über Gefühle reden«

Max: »Lebensfreude!«

Anna: »Emotionen zeigen«

»Liebe um Mitternacht« – Max blinzelt Anna aus den Augenwinkeln an.

Anna lacht herzlich. »Du denkst immer nur an Sex.«

Max: »Warum auch nicht? Macht uns die Liebe nicht federleicht? Aber sie schenkt uns noch viel mehr. Lies weiter!«

»Sich geborgen fühlen«

»Liebevoller Umgang miteinander«

»Frei Denken«

»Achtsamkeit«

»Gestalten, kreativ sein«

»Ein Morgenbad im See!«

»Da passt ›Mit wachen Sinnen das Leben entdecken‹ perfekt dazu!«

Max lacht: »Sonnen-Wonnen«

Anna freudig: »Gutes genießen!«

Max: »Mmh! Erlesene Orte und Räume erleben«

Anna betont: »Freiräume im Alltag«

Max zieht die Augenbrauen hoch: »Gesunder Egoismus«

Anna nickt: »Hinterfragen, was wichtig ist«

»Ärgerfreie Zonen«

»Innere Ausgewogenheit«

»Positive Lebensphilosophie«

Anna jubiliert: »Feste feiern!«

Max hebt seine Stimme: »Gute Gespräche«

Anna: »Zweisamkeit!«

Max langsam und leise: »Gemeinsames Schweigen«

Anna und Max halten spontan inne und schweigen. Ihre Augen suchen einander, ihre Blicke tauchen in die Tiefen ihrer Seelen, ein erkennendes Lächeln breitet sich in ihren Gesichtern aus.

Eine paradiesische Stille umhüllt Adam und Eva.

»Zum Augenblicke möchte ich sagen: Verweile doch, du bist so schön«, rezitiert Max aus Goethes Faust und lehnt sich wohlig seufzend in seinem bequemen Sessel zurück.

Anna nimmt zärtlich seine Hand und schickt mit gespitzten Lippen einen liebevollen Kuss auf die Reise zu ihrem Dichter.

»Ganz im Jetzt sein!«, wiederholt Anna bedächtig.

»Wie ein Kind«, ergänzt Max und zieht Anna spielerisch zu sich. »Komm, lies weiter! Wir bauen gerade unsere gemeinsame Zukunft auf!«

Anna »Lieblingsplätze entdecken«

Max: »Neugierig sein«

Anna denkt einen Augenblick lang nach: »Wie ein Kind«

Max: »Kreativität«

Anna: »Tapetenwechsel«

Max mit wichtigem Gesichtsausdruck: »Magic Moments«

Anna: »Augenblicke festhalten – fotografieren«

Max: »Über sich selbst lachen können«

Anna fährt fort: »Seine Fehler und Schwächen erkennen«

Max: »Aussichten und Einsichten«

Anna: »Vogelperspektive in schwierigen Situationen«

Max überschwänglich: »Ungeschriebene Bücher!«

Anna, jetzt ebenfalls mit wichtigem Gesichtsausdruck: »Bestseller! Unser Buch über die Liebe!«

Beide im Gleichklang: »Gemeinsam kochen«

Beide lachen: »Freudvoll essen und trinken«

»Wie wärs jetzt mit einem guten Glas Rotwein und einem Aberseer Schafkäse?«, nützt Max das eben gehörte Stichwort für eine weitere Bestellung bei dem diskreten Kellner, der sich im Hintergrund genähert hat.

»Gerne, aber ...«, nach einem kurzen Blick in ihr SchreibPad lächelt Anna: »Überblick bewahren!«

Max: »Genussvoll leben im Luxus des Einfachen«, und setzt fort: »mit Bescheidenheit«.

Anna und Max lesen mit Freude die nächsten Stichworte:

Anna: »Freude bereiten«

Max: »Offenheit«

Anna: »Lachen«

Max: »Lachen ist die beste Medizin!«

Und weiter geht es, Wort für Wort im Seelendialog von Frau und Mann:

»Spontan sein«

»Engagement«

»Scherzen«

»Positiv denken«

»Den Körper in Schwung halten«

»Gefühlvoll sein«

»Behutsamkeit«

»Geist«

»Ehrlich sein«

»Familiensinn«

»Oasen schaffen«

»Und immer wieder: Feste feiern!«

»Gefällt dir dein Geburtstagsfest?«, will Max wissen.

»Ich bin glücklich! Ich fühle mich fe-der-leicht.«

»Darauf wollen wir anstoßen!« Max hebt das Rotweinglas und führt es zur Nase: »Ein Bouquet von Rosenduft für dich!«

Anna atmet den Duft des Weines aufmerksam ein, erfreut sich an der kräftig roten Farbe und dem Sonnenlicht, das sich im Glas spiegelt und sieht Max verliebt an. Ein zarter Klang ertönt, als sich ihre Rotweingläser vorsichtig berühren.

»Lass uns Lebensfreude trinken«, prostet Max Anna zu, während Anna den Rotwein bereits genussvoll verkostet. Dann angelt sie sich ein Stück vom Aberseer Schafkäse: »Jetzt brauch ich unbedingt etwas zum Essen.« Sie zieht den Teller mit dem Schafkäse zu sich und nimmt ein Stück Landbrot dazu.

»Ich liebe Frauen, die gerne essen«, freut sich Max. »Du musst auch nicht mit mir teilen. Ich halte mich an Brot und Wein – Stichwort: Bescheidenheit.«

Anna isst den mit Kräutern und Salat garnierten Schafkäse mit großem Appetit und lässt sich nicht beirren. »Stichwort: In Hülle und Fülle«, schwelgt Anna, »so soll mein neues Leben sein.« Und fügt mit einem liebevollen Blick hinzu: »Und alle Freuden will ich mit dir teilen.«

»Das kam gerade noch rechtzeitig«, scherzt Max. »Ich sah dich schon federleicht ins Schlaraffenland davonfliegen, während ich bei Wasser und Brot auf der Erde zurückbleibe.«

»Keine Angst«, antwortet Anna und nimmt wieder ihr SchreibPad zur Hand. »Lesen wir weiter, was auch dein Leben federleicht macht.«

»Sport«

»Erholung«

»Langsamkeit«

»Aufmerksamkeit«

»Wissen, was man will«

»Hingabe«

»Vielfältigkeit«

»Entdeckungslust«

»Reisen«

»Spielen«

»Tanzen«

»Spielfreude«

»Lernfreude«

»Lebensfreude«

Anna: »Das hatten wir schon!«

Max: »Doppelt hält besser!«

»Zur Ruhe kommen«

»Im Rhythmus mit der Natur leben«

»Aufs Herz hören«

»Entschlossenheit«

»Den Bauch spüren«

»Gesundheit«

»Trennungen«

»Schicksalhafte Begegnungen«

»Glaubst du an schicksalhafte Begegnungen?« Anna klappt ihr SchreibPad zu und sieht Max fragend an.

Auch Max schließt sein SchreibPad und blickt nachdenklich über den See zu den fernen Bergen. Dann wendet er sich Anna zu.

»Es gibt keine Zufälle in unserem Leben. Es kommt, wie es kommen muss. Wir müssen nur bereit und offen sein für das, was uns begegnet. Es ist, was es ist.«

»... sagt die Liebe«, vollendet Anna und erinnert sich bei diesen Worten an ihr erstes zufälliges Zusammentreffen in der Schmuckgalerie in der Himmelpfortgasse.

»Ich habe diesen Zauber bei unserer ersten Begegnung gespürt, Max. Ich habe gefühlt, dass es eine Begegnung ist, die mein Leben verändern wird.«

»Es war kein Zufall, Anna. Es war ein Glücksfall.«

»Es war einfach Liebe auf den ersten Blick!«

Anna und Max schlendern barfuß durch das hohe Gras hinunter zum See. Federleicht. Anna trägt ihren hellen Strohhut wie eine Krone. Ihr rotes Strandkleid lässt bei jedem Schritt ihre Knie und ihre schlanken Beine leuchten. Max betrachtet die Königin seines Herzens mit einem liebevollen Blick. Die Sonne ist weit nach Westen gewandert und breitet ein warmes, mildes Licht über die einsame Bucht aus. Ein Schwanenpaar schwimmt inmitten hell glitzernder Sterne, die von den tief einfallenden Sonnenstrahlen auf die Wasseroberfläche gezaubert werden. Eine paradiesische Stille umfängt Adam und Eva, als ihre nackten Körper in den kühlen See gleiten. Eine willkommene Abkühlung nach dem heißen Nachmittag auf der

Schlossterrasse. Sie atmen tief aus, schwimmen den Fischen nach, die vor ihnen ruhig ihre Kreise ziehen, und steigen wie neugeboren aus dem See.

Anna und Max liegen nebeneinander im hohen Gras der Blumenwiese und lassen ihre Körper von den Strahlen der Abendsonne trocknen. Ein blassblauer Himmel wölbt sich über sie. Hoch über ihnen fliegt eine weiße Möwe zielstrebig dem Schlossturm entgegen.

Anna legt ihren Kopf sanft auf Maximilians Brust und streichelt sein Gesicht.

»Werden wir es auch schaffen, federleicht und in Liebe miteinander zu leben?«

Max blickt lange in Annas Augen, als wolle er darin die Zukunft erforschen. »Deine Augen sind wie der Himmel über uns: graublau, klar und vielversprechend. Warum sollten wir es nicht schaffen?«

»... Es ist unmöglich, sagt die Erfahrung.«

»Es ist, was es ist, sagt die Liebe.«

Max spricht diese Worte mit einem unwiderstehlichen und überzeugenden Lächeln und nimmt Anna behutsam in seine Arme. Er küsst sie zärtlich auf die Stirne, auf die Nasenspitze und den Mund. Anna zieht Max leidenschaftlich an sich und haucht: »Es ist, was es ist, sagt die Liebe!«

Ihre sonnendurchfluteten Körper und ihre federleichten Seelen vermählen sich und feiern inmitten der blühenden Sommerwiese Hochzeit.

»Erzählst du mir, wie das Märchen von der Flaumfeder endet?« Der Großvater strich dem kleinen Mädchen sanft über das lockige Haar. »Gerne.«

Die zarte weiße Flaumfeder hatte die abenteuerliche Suche nach ihrem wahren Ich noch nicht beendet. Sie wusste jetzt, dass sie weder als Schmetterling noch als Wolke geboren war und hatte inzwischen die Gestalt einer Möwe angenommen.

Sie fühlte sich eigentlich sehr wohl als Möwe, flog jubilierend durch die Lüfte, entdeckte segelnd die weite Welt mit all ihren Schönheiten und befand sich in bester Gesellschaft ihrer reiselustigen Möwenschwestern und Möwenbrüder.

Doch sie konnte nicht glücklich sein. Sie vermisste ihren Freund und Beschützer, den sie einst aus seiner steinernen Starre erlöst hatte, den immer gut gelaunten Bären, auf dessen Rücken sie lange durch die Welt gewandert war bei der Suche nach dem eigenen Ich.

Der Bär war verschwunden. Irgendwo in den Bergen und Wäldern, die sie gemeinsam durchwandert hatten. Die Flaumfeder fürchtete, dass ihm etwas Böses zugestoßen sein könnte und sie ihn nie mehr wiedersehen würde. Vielleicht hatte auch der Bär sein wahres Ich noch nicht gefunden und irrte da unten in den dichten Wäldern umher?

Die Möwe hatte sich auf der höchsten Zinne des Schlosses am Rande eines Sees niedergelassen und spähte ins Land. Bewegte sich da nicht am Waldesrand eine große, dunkle Gestalt auf das Schloss zu?

Das musste der Bär sein, der sie immer noch suchte!

Die Möwe zitterte vor Aufregung, breitete ihre Flügel aus und setzte zu einem Sturzflug an, der sie so schnell als möglich zu ihrem Freund bringen sollte. Da trabte er schon inmitten einer blühenden Sommerwiese, die sich zwischen dem Wald und dem Schloss ausbreitete. Die Möwe war noch nie so schnell vom Himmel zur Erde geflogen wie in diesem Augenblick.

Tief unter ihr richtete sich der Bär zu seiner vollen Größe auf, stand aufrecht auf seinen Hinterbeinen in der blühenden Wiese und streckte seine Vorderbeine hoch zum Himmel – so als wolle er die Möwe in ihrem rasenden Sturzflug auffangen …

Die Möwe vergaß vor Aufregung ihre Flugkünste und landete ungebremst im dicken weichen Bärenfell! Dann verlor sie das Bewusstsein.

Als sie aus ihrer Bewusstlosigkeit erwachte, spürte sie, dass sie nicht mehr dieselbe war, die sie vor ihrem Sturzflug gewesen war.

»Ihr habt mich ein zweites Mal erlöst, Prinzessin«, sprach der edle junge Mann zu ihr, in dessen kräftigen Armen sie erwacht war. »Seid unbesorgt. Auch Ihr seid vom bösen Zauber befreit, der uns beide so lange in fremden Gestalten gefangen gehalten hat.«

Die Prinzessin blickte den Prinzen an ihrer Seite staunend an: »Bist du mein steinerner Bär?«

»Ich war der steinerne Bär«, lachte der Prinz, »und du warst meine zarte weiße Flaumfeder, die mich aus meiner Starre erlöst und meine Gefühle wiedererweckt hat, und dann die tollkühne Möwe, die mich mit ihrem Sturzflug aus dem Bärenfell geholt hat.«

»Und du hast mir geholfen, mein wahres Ich wiederzufinden.« Die Prinzessin war überglücklich.

Sie war vom Schicksal bestimmt für den Prinzen an ihrer Seite und der Prinz war vom Schicksal bestimmt für sie!

Die Prinzessin und der Prinz schritten Hand in Hand, lächelnd und federleicht durch die blühende Sommerwiese hinauf zum Schloss, feierten Hochzeit und lebten glücklich miteinander bis ans Ende ihrer Tage.

Der Großvater strich dem kleinen Mädchen sanft über die Stirne. »Schlaf gut, mein Kind und träume süß.«

»Und wenn sie nicht gestorben sind, dann leben sie noch heute – federleicht und in Liebe …«, murmelte das kleine Mädchen, drückte ihren Kuschelbären fest an sich und begann von ihrem Leben mit dem Prinzen zu träumen.

Auf den Spuren von Anna und Max

Orte der Inspiration
Wien/Himmelpfortgasse: www.galerie-slavik.com
Wien/Heiligenkreuzer Hof: www.hollmann-salon.at
Gmunden/Traunsee: www.kulturcafe-gmunden.at
Attersee: www.salzkammergut.at
Wachau: www.domaene-wachau.at
Neusiedler See: www.mole-west.at
Toskana: www.lavialla.it
Schafberg/Wolfgangsee: www.schafbergbahn.at
Fuschlsee: www.schlossfuschlsalzburg.com

Worte der Inspiration
OVID (43 v. Chr. – 18 n. Chr.)
Metamorphosen
Die Kunst der Liebe

»Sollte unter uns einer die Kunst der Liebe nicht kennen,
lese er dieses Gedicht – meisterhaft liebt er danach.«

DIE AUTOREN

Sabine Hackner und Walter Seeböck widmen ihr erstes gemeinsames Buch all jenen, die aus der Erdenschwere des Alltags abheben und den Ballast lähmender Beziehungen abwerfen wollen. Erstmals wird ein modernes Liebesmärchen aus dem Blickwinkel von Frau und Mann erzählt.
federleicht ist eine Inspiration für alle Suchenden, Nachdenklichen oder Enttäuschten zum Durchstarten in ein neues, von Lebensfreude, Leichtigkeit und Liebe erfülltes Leben.

Edition LIFEart
einfach gut leben

Dr. Georg Wögerbauer
Dr. Hans Wögerbauer

einfach gut leben
Ganzheitsmedizinische Gedanken und Impulse zur bewussten Lebensgestaltung

Taschenbuch, 224 Seiten, 66 Abbildungen,
div. Grafiken, durchgehend zweifarbig
5., unveränderte Auflage, 2009
ISBN 987-3-9500657-8-7
Edition LIFEart

Leserstimmen:

… ich möchte mich bei Ihnen nochmals für das tolle Buch »einfach gut leben« bedanken.
Am Freitag habe ich bewusst einfach gut gelebt, bin mit mir auf den Linzer Pöstlingberg gefahren, habe dort mit mir köstlich gespeist, danach das Buch ausgepackt und in der Sonne sitzend einige Kapitel genussvoll gelesen. …

Eva B.

Wie entspannen Sie gerne?
Während der Woche bleibt wenig Zeit zum Entspannen, jedoch besonders genießen kann ich einen Sonntagvormittag mit einem guten Buch im Bett. Aber ich arbeite daran, zur Zeit lese ich nämlich »einfach gut leben« von Georg und Hans Wögerbauer.

Mag. Doris H.

Edition LIFEart
Beziehungen leben

Dr. Georg Wögerbauer
Dr. Gerald Koller

Beziehungen leben
Auf dem Weg zu einem neuen Miteinander

Taschenbuch, 176 Seiten, 60 Abbildungen,
div. Grafiken
5., unveränderte Auflage, 2009
ISBN 987-3-9500657-4-9
Edition LIFEart

Die beiden Autoren – seit vielen Jahren in Seminaren, Vorträgen und Beratungen mit tausenden Menschen in Kontakt – geben eine einfache Antwort, die täglich neu gelebt werden will: Gerade in Zeiten der Verunsicherung brauchen wir Beziehungen. Die Erfahrung, dass die Brücke zwischen dir und mir hält: sie ist es, die Hoffnung und Kraft gibt für Veränderung.

KOLOPHON

Bibliografische Information der Deutschen Nationalbibliothek
Die Deutsche Nationalbibliothek verzeichnet diese Publikation in der Deutschen Nationalbibliografie; detaillierte bibliografische Daten sind im Internet über http://dnb.d-nb.de abrufbar.

1. Auflage

Gestaltung und Satz: Michael Karner, A-2640 Gloggnitz
Druck: Druckerei Theiss, A-9431 St. Stefan
Schrift: Kis Antiqua
Papier: EOS bläulichweiß

ISBN 978-3-9500657-7-0

http://www.edition-lifeart.at/
E-Mail: office@edition-lifeart.at